Der Autor

Frank Otte ist im Ruhrgebiet geboren und aufgewachsen. Seit 20 Jahren lebt er mit seiner Familie in einem kleinen schwäbischen Ort in Bayern. Das Schreiben ist nur eine Nebenbeschäftigung. Könnte er davon leben, würde er seinen Job als Konstrukteur sofort an den Nagel hängen.

Frank Otte

Das hatte ich mir anders gedacht

Ich und die anderen Kurzgeschichten

© 2021 Frank Otte

Umschlag, Illustration: Tim Wipplinger

Lektorat, Korrektorat: Lisa Reim

Verlag und Druck:
tredition GmbH, Halenreie 42, Hamburg

ISBN

Paperback   978-3-347-26655-1

Hardcover   978-3-347-26656-8

Inhaltsverzeichnis

Ich

Wer bin ich? Vielleicht bin ich du. Oder du bist ich. Es könnte aber auch keiner von uns du oder ich sein. Du kannst etwas ich sein und ich kann etwas du sein. Jeder von uns beiden könnte sich in den Geschichten wiederfinden.

Viel Spaß beim Lesen.

Alles eine Frage der Erziehung

Es war Samstag. Mein mittlerweile traditioneller Vater-geht-mit-Tochter-einkaufen-Tag. Meine Dreijährige freute sich die ganze Woche darauf. Samstag war, neben Sonntag, der einzige Tag, an dem ich Zeit für sie hatte. Keine Arbeit, keine Überstunden, kein spät nach Hause kommen und das Kind schläft schon. Nein, diese Samstage waren mir heilig. Und das Einkaufen mit ihr machte richtig Spaß. Im Gegensatz zu manch anderem Kind jammerte meine Tochter nicht beim Einkaufen, sie bettelte nicht und freute sich an der Kasse über den Kinderriegel, den ich ihr kaufte. Mein Kind war lieb. Ein Vorzeigekind eben.

Was mich aber beim Einkaufen nervte, waren überforderte Mütter mit schreienden Kindern, welche sich nach Möglichkeit noch auf den Boden warfen, um bei Mutter den eigenen Willen durchzupressen. Aufsteigendes, bettelndes Kindergeschrei war nichts für meine empfindlichen Ohren. Diese kleinen Bälger waren für mich ein Grund, den Laden schnellstens, notfalls auch ohne Einkauf, zu verlassen.

Aber einmal ging es nicht anders. Ich musste Einkaufen, zum Ladenwechsel war es zeitlich schon zu spät. Wegen solcher Terrorkinder hatte ich an diesem Samstag schon den *Aldi*, *Lidl*, *Edeka* und *Netto* verlassen. Es blieb nur noch ein Laden übrig, wenn ich dort nichts kaufte, würde die Küche kalt bleiben.

Kaum im *REWE*, fiel sie mir schon auf. Laut „Kevin, lass das!" rufend warnte sie die ganze Kundschaft vor ihrem Kind. Kevin war ein kleiner rundlicher Junge, welcher alles, was er mit seinen speckigen Fingern zu greifen bekam, in den Einkaufswagen seiner Mutter beförderte. Diese packte die Sachen mit einem: „Kevin, lass das" oder „Nein, Kevin" wieder in das Regal. Der kleine dicke Kevin schrie dann jedes Mal wie am Spieß. Das nervte, zumal es ein ununterbrochenes Ritual zwischen Mutter und Kind war.

Ich versuchte, mich mit meinem Einkauf zu beeilen. Meine Tochter saß fröhlich brabbelnd, mit dem Einkaufszettel in der Hand, im Einkaufswagen und hatte Spaß. Wenigstens sie hatte welchen. Schnell suchte ich die Sachen auf meinem Einkaufszettel zusammen. Immer den durchdringenden Ton von Kevin und seiner Mutter im Ohr. Allmählich stieg in mir Aggression auf. Ein deutliches Warnsignal, dass ich schnellstmöglich aus dem Laden raus musste. Dummerweise war ich kurz vor der Kasse etwas unkonzentriert, so dass es dem dicken Kevin, mitsamt seiner gestressten Mutter, gelang, vor mir zu stehen. Jetzt begann das Finale.

Der dicke Kevin griff nach den Überraschungseiern im Kassenregal und legte eines davon auf das Kassenband.

Mutter sagte: „Nein, Kevin! Lass das!", und legte das Ei wieder weg. Der dicke Kevin nahm es und legte es wieder auf das Kassenband. Die gleiche Szene nochmal.

Mutter sagte: „Nein, Kevin! Lass das!", und legte das Ei wieder weg.

Kevin drehte jetzt richtig auf und schrie wie irre: „Ich will aber!"

Die Mutter entnervt: „Nein, Kevin, das gibt es jetzt nicht!"

Kevin schrie unbeeindruckt weiter, stampfte mit den Füßen, warf sich auf den Boden und kreischte: „Ich will aber!"

Jetzt wurde Mutter lauter: „Kevin, es reicht! Es gibt jetzt kein Überraschungsei!"

Mit Mühe und Not kam sie dem Bezahlen näher. Kevin heulte und kreischte und man sah, dass es in der Mutter kochte.
Das war mein Moment.

„Oh, schau mal, Ü-Eier", sagte ich zu meiner Tochter. „Möchtest du eins?"

Sie schüttelte den Kopf.

„Wirklich nicht? Du magst sie doch so gerne."

Sie schüttelte wieder den Kopf und sagte: „Nein."

„Egal", erwiderte ich und legte drei Überraschungseier auf das Kassenband.

„Du bekommst trotzdem eins. Und weil du so lieb bist, noch zwei dazu."

Kevin sah mich mit großen Augen an und schrie: „Mama, ich will auch zwei Ü-Eier!" Tränen schossen über sein Gesicht, er stampfte wütend mit den Füßen. Seine Mutter blickte mich hasserfüllt an, als sie ihren tobenden Sohn Richtung Ausgang zerrte. Ich zuckte mit den Schultern und rief ihr hinterher:

„Alles eine Frage der Erziehung."

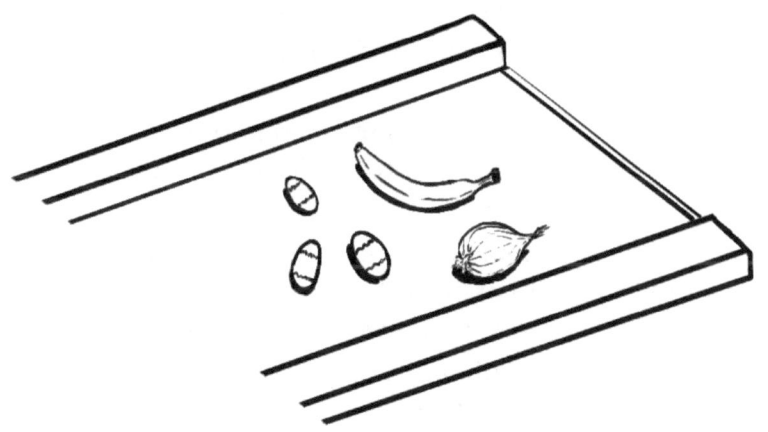

Romantik

Romantisch soll es sein. Romantisch, unter diesem Begriff verstehen Männer etwas anders als Frauen. Romantisch ist der flimmernde 67-Zoll-LED-Bildschirm beim Spiel Schalke gegen Dortmund nach dem 1:1 von Daniel Caligiuri in der 18. Minute. Wenn das Fernsehlicht die Bierflasche auf dem Tisch diffus durchleuchtet und die Chips in einer surrealen Farbe widerspiegeln. Das ist romantisch. So wie für mich jetzt.

Für Susi, meine frisch eroberte Freundin, ist Romantik der ganze andere Schnickschnack. Eine Flasche Rotwein, sanfte Musik, Kerzenlicht und Kuscheln auf dem Sofa.

Rotwein ist in Ordnung, Kuscheln auch. Aber Kerzenlicht? Nein! In meinem ganzen Haushalt gibt es keine einzige Kerze. Und es wird auch nie eine geben. Nie, nie, niemals! Ich weiß nur noch nicht, wie ich es Susi sage. Ob ich es ihr überhaupt sage. Ein Mann spricht nicht über Ängste. Aber Kerzen und Romantik gehören bei einer Frau nun mal zusammen.

Also streife ich durch den Supermarkt und suche irgendetwas, womit man Romantik auch ohne Kerzen hinbekommt.

Für meine erste große Liebe, Beate, wir waren beide 15, wollte ich es romantisch machen. Meine Eltern waren ausgegangen und ich hatte somit sturmfreie Bude. Kerzen oder genauer gesagt Teelichter sollten mein Zimmer romantisch erstrahlen lassen. 100 Stück verteilte ich. Die meisten stellte ich auf den Boden. Den Rest auf die Fensterbank, das Regal und den Schreibtisch. Beate war begeistert. Es war sehr romantisch und wir machten das, was man als 15-Jährige so macht, wenn niemand da ist und die Romantik einen befällt. Irgendwann wurde es uns in meinem Zimmer zu warm und wir gingen ins Wohnzimmer, wo es deutlich kühler war. Die Kerzen ließ ich brennen. Falls man an dem Abend nochmal Romantik bräuchte. Mit der Zeit wurde auch das Wohnzimmer recht warm, sogar irgendwie heiß. Auch vernahm ich plötzlich ein sanftes Knistern. Das machte mich etwas stutzig, zumal Beate und ich Dinge machten, die das Hitzegefühl erklären konnte, aber nicht das Knistern, da wir keine Chips aßen. Die Hitze und das seltsame Knistern kamen aus dem Flur. Unter der Tür zu meinem Zimmer sah ich ein Flackern wie im Kamin. Scheiße, mein Zimmer brannte! Die Teelichter mussten so heiß geworden sein, dass sich der Teppich entzündet hatte und dann der Rest. Dieser Rest war schließlich die ganze Wohnung. Bis die Feuerwehr eintraf.

Seitdem habe ich Panik bei Kerzen und Teelichtern. Und jetzt will Susi Romantik, mit Kerzen oder Teelichter. Gedimmtes Licht reicht ihr nicht. Wäre sie nicht so eine Traumfrau, hätte ich gesagt: „Gibt keine Kerzen und tschüss." Das ist aber auf Dauer auch keine Lösung. Es wird doch wohl noch irgendetwas auf diesem Planeten geben, was keine Kerze ist, aber trotzdem bei Frauen ein romantisches Gefühl auslöst. Wenn schon kein flackernder LED-Fernseher dann vielleicht eine Taschenlampe? Mit SOS-Blinklicht, in dezentem Warmweiß? Oder ein Hello-Kitty-Nachtlicht für die Steckdose.

Oh, was ist denn das da? Elektrische Teelichter. 1,29 € das Stück. Nicht schlecht, elektrisch dürfte nicht schief gehen. Ich sollte es mal nicht gleich übertreiben und nur drei mitnehmen. Werde aber trotzdem noch in den Baumarkt gehen und einen Feuerlöscher kaufen. Man weiß ja nie.

Hausmann

Ich gehöre zu der Sorte Ehemänner, die im Haushalt nicht gerade, sagen wir mal, hyperaktiv sind. Eigentlich bin ich recht tolerant gegenüber Unordnung, rumliegender Kleidung, stehen gelassenem Schmutzgeschirr. Eine Eigenschaft, mit der ich gut leben kann. Ich! Aber nicht meine Frau. Sie ist gegenüber meiner Unordnungstoleranz recht intertolerant. Manchmal sogar recht penetrant intolerant. Sie reist mich aus meiner Komfortzone und nötigt mich mit lauten Worten zur Hausarbeit. Gut, ich mache sie dann irgendwie zu meiner Zufriedenheit, selten zu ihrer.

So richtig bemühe ich mich eigentlich nur, wenn wir Besuch haben. Besonders wenn meine Schwiegermutter oder noch besser Freundinnen von ihr da sind.

Mein Timing ist so perfekt, dass ich oft gerade Geschirr spüle, sobald der Besuch eintrifft. Hätte es auch vorher geschafft, aber das Lob der Besucher, was ich doch für ein fleißiger Ehemann bin, geht runter wie Öl. Ganz theatralisch hole ich dann noch die Wäsche aus dem Keller und sollte das niemand bemerken, so sorge ich mit einem lauten: „Schatz, soll ich die Wäsche auch sortieren und falten?", dafür, dass alle anwesenden meinen Fleiß auch mitbekommen. Meine Frau beteuert jedes Mal, dass ich das nur mache, wenn Besuch da ist, ansonsten sei ich stinkefaul. Zu mindestens meine Schwiegermutter glaubt ihr das nicht und betont immer, was für einen tollen Vorzeigeehemann meine Frau doch hat. Und außerdem kann es doch nicht sein, dass der arme Mann nach der Arbeit auch noch die Hausarbeit machen muss. Ich weiß genau, dass sich meine Frau jedes Mal darüber ärgert. Aber egal. Meine kleine Rache für ihr Nörgeln und Gängeln gönne ich mir. Also räume ich bei Besuch immer auffällig unauffällig irgendwelche Sachen weg, die nicht dort sind, wo sie hingehören. Gelegentlich habe ich sie sogar selbst hingestellt, bevor der Besuch eintrifft, um sie dann wegräumen zu können.

Um noch einen draufzusetzen, bearbeite ich die Nebenzimmer mit dem Staubsauger. Meine Frau fordert mich dann jedes Mal auf, das bleiben zu lassen. Aber ich sauge gnadenlos weiter. Mit Bügeln beeindrucke ich unseren Besuch ebenfalls. Natürlich stelle ich das Bügelbrett so auf, dass man mich auch wahrnimmt. Ich habe einen kindlichen Spaß daran, dass mich alle loben und andere Männer so etwas nie machen würden. Meine Frau wird nicht müde zu beteuern, dass das nur Show ist und ich nur so aktiv bin, um zu beeindrucken. Natürlich glaubt ihr niemand, da ich ja gerade das Gegenteil beweise. Wenn der Besuch gegangen ist, bin ich immer fix und fertig von der vielen Hausarbeit.

Aber manchmal frage ich mich, ob meine Frau mich durchschaut hat und nur deshalb Besuch einlädt, damit ich mal wieder etwas im Haushalt mache.

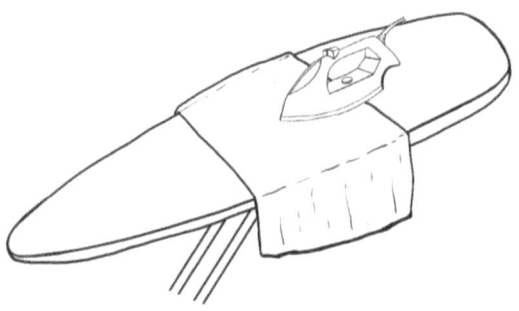

Man sieht sich immer zweimal

Etwas verloren stehe ich am Gleis 22 im Münchner Hauptbahnhof. Mein Schädel dröhnt, mir ist übel. Die blöde Halskrause, die man mir im Krankenhaus verpasst hat, nervt. Sie ist warm und der Hals juckt. Ich nehme eine von den Tabletten, welche mir der Arzt mitgegeben hat. Die Durchsage am Bahnsteig kündigt die Einfahrt des ICE nach Dortmund an. Verdammt lang her, dass du mit der Bahn gefahren bist, denke ich. Nach kurzem Suchen finde ich meinen reservierten Platz in einer Vierer-Sitzgruppe. Mir gegenüber setzt sich eine Frau, schätzungsweise in meinem Alter. Ihre linke Hand ist eingegipst. Ihr Gesicht kommt mir von irgendwoher bekannt vor, mir will aber nicht einfallen woher. Sie zu fragen, wäre mir peinlich. Der Zug setzt sich in Bewegung. Sobald er München verlassen hat, nimmt er richtig Fahrt auf.

In meiner Kindheit sind meine Eltern mit uns immer mit der Bahn in den Urlaub gefahren. Meistens mit Nachtzügen, damit wir Kinder schlafen und nicht quengeln.

Der ICE rast durch die Landschaft.

In meiner Erinnerung an früher fuhren die Züge nicht so schnell. Mein Vater machte manchmal während der Fahrt das Fenster vom Zugabteil zum Lüften auf, damit der Rauch seiner Zigarette abziehen konnte. Zum Glück ist heute in den Zügen Rauchen verboten. Bei Tempo 235, welches der ICE gerade fährt, würde hier mehr als nur der Rauch aus dem Wagon gesogen.

Die Frau mir gegenüber schaut etwas gequält aus dem Fenster. Die Gipshand scheint sie genauso zu stören wie mich meine Halskrause. Der ICE hält in Ingolstadt. Keine fünf Minuten später setzt er sich auch schon wieder in Bewegung.

Auf unseren Urlaubsreisen damals waren die Aufenthalte länger. Oft ist mein Vater ausgestiegen und hat auf dem Bahnsteig am Kiosk etwas gekauft. Bier für sich, Cola für Mutter, Fanta für uns Kinder und Schokolade für alle. Mutter hatte jedes Mal Angst, dass der Zug ohne unseren Vater abfuhr. Aber er hat es immer geschafft, wieder rechtzeitig einzusteigen.

Ich nehme noch die Fahrt aus dem Nürnberger Bahnhof wahr und wache bei der Einfahrt in den Bahnhof von Aschaffenburg wieder auf. Die Frau gegenüber schläft.

Ich muss schmunzeln. Hier in Aschaffenburg hatte mein Vater vor einigen Jahren begriffen, dass die Züge nicht mehr 10 bis 20 Minuten am Gleis stehen und auf die Weiterfahrt warten. Meine Eltern wollten mich damals in meiner Studentenwohnung in München besuchen und nahmen den ICE von Dortmund aus. In Aschaffenburg hielt der Zug. Mein Vater sagte zu Mutter, dass er schnell etwas zum Trinken und Essen am Kiosk holen würde, so wie früher. Mutter wollte ihn davon abhalten, aber Vater meinte, sie solle sich nicht so anstellen, der ICE hatte hier immer 15 Minuten Aufenthalt.

Er stieg aus und ging schnellen Schrittes zum Kiosk. Meine Mutter sah noch seinen erstaunten Blick, als sich der Zug in Bewegung setzte. In diesem Augenblick wurde meinem Vater bewusst, dass sich die Bahn in den 20 Jahren seiner letzten Fahrt gewandelt hat. Vater stand am Kiosk und sah dem ICE hinterher der einfach ohne ihn, aber mit seiner Frau abfuhr. Mutter versuchte den Zugbegleiter zu überreden, dass der Zug wieder umdreht, um

Vater einzusammeln. Vater versuchte, die Dame am Info-Schalter zu überreden, dass der Zug am nächsten Bahnhof unbedingt auf ihn warten sollte und er mit dem Taxi so schnell wie möglich zum Würzburger Hauptbahnhof fahren würde, um dort wieder einzusteigen. Beide Bemühungen blieben ohne Erfolg. Der Zug konnte weder umdrehen noch konnte er in Würzburg auf die Ankunft meines Vaters warten. Dafür nahm die Dame am Info-Schalter mit dem Zugbegleiter im ICE Kontakt auf und stellte daraufhin meinem Vater einen Ersatzfahrschein aus. Mit meiner Mutter habe ich dann 2 Stunden im Münchner Hauptbahnhof auf meinen Vater gewartet, welcher mit dem nächsten Zug eintraf. Mutter hielt ihm noch auf dem Bahnsteig eine kräftige Standpauke.

In Limburg Süd wacht die Frau mir gegenüber auf. Ich grüble, wieso sie mir bekannt vorkommt. Sie reibt sich mit der rechten Hand über den Gips.

„Tut's weh?", frage ich, um ein Gespräch anzufangen.

„Ja, etwas."

„Wie ist das passiert?"

„Ach, wissen Sie", sagt sie, „eine blöde Geschichte."

Sie war bei einer Freundin in München zu Besuch gewesen und wollte abends mit ihrem Auto zurück nach Dortmund fahren.

„Gut, vielleicht war ich etwas zu schnell unterwegs, vielleicht auch etwas unkonzentriert."

Aber plötzlich stand da an der grünen Ampel ein Auto. Sie dachte, der fährt, aber er stand. Sie versuchte zu bremsen, war aber voll in den Wagen reingefahren. Dabei hatte sie sich die Hand gebrochen. Ihr Auto war ein Totalschaden. Der Typ in dem anderen Wagen war noch kurz ausgestiegen und dann umgefallen. Mit dem Rettungswagen wurde er ins Krankenhaus gebracht.

„Blöd gelaufen", sage ich.

„Kann man so sagen", entgegnet Sie.

Dann schweigen wir.

Kurz vor Montabaur fragt mich die Frau: „Und? Was ist mit Ihnen passiert?"

„Ach, wissen Sie, eine blöde Geschichte."

Und so erzählte ich ihr, dass ich mir in der Allianz-Arena das Spiel Bayern München gegen Barcelona angesehen hatte und abends noch mit meinem Auto zurück nach Dortmund fahren wollte. Gut, vielleicht war ich etwas unkonzentriert, vielleicht auch etwas zu langsam an der Ampel angefahren, als plötzlich von hinten ein Wagen voll in meinen fuhr. Etwas benommen war ich noch ausgestiegen, aber an mehr kann ich mich nicht erinnern. Erst im Rettungswagen bin ich wieder zu mir gekommen.

„Schleudertrauma. Muss jetzt die nächsten Tage diese Halskrause tragen. Mein Wagen ist Totalschaden", beende ich meine Erzählung.

„Blöd gelaufen", sagt sie.

„Kann man so sagen", entgegne ich.

Dann schweigen wir.

Bei Siegburg/Bonn fragt mich die Frau: „Was für einen Wagen fuhren Sie?"

„Einen Peugeot 308", antworte ich.

Nach dem Bahnhof Köln/Bonn Flughafen frage ich zurück:

„Wo war denn Ihr Unfall?"

Sie überlegt kurz und antwortet dann: „Kreuzung Ackermannstraße und Schleißheimer Straße."

Wir schauen uns beide an und sagen gleichzeitig:

„Ach du Scheiße, Sie sind das gewesen!"

Bis zum Düsseldorfer Hauptbahnhof schweigen wir uns betreten an. Dann sage ich:

„Wir hätten von vornherein mit dem Zug fahren sollen."

„Wäre besser gewesen. So schlecht ist Zugfahren nicht", entgegnet sie.

Ich stimme ihr zu. Nach dem Essener Hauptbahnhof fragt sie mich, ob wir uns mal auf einen Kaffee treffen sollen. Das würde mich freuen, aber erst wenn ich die blöde Halskrause los bin und sie ihren Gips. Bei der Fahrt aus dem Bochumer Bahnhof tauschen wir unsere Handynummern. In Dortmund steigen wir beide aus und gehen zum Taxistand. Beim Abschied schauen wir uns verlegen an. Hände schütteln, umarmen oder doch einfach nur tschüss sagen?

„Ich könnte jetzt schon einen Kaffee gebrauchen", sage ich stattdessen.

„Ja, ich auch", entgegnet sie strahlend.

Zusammen gehen wir zurück in den Bahnhof.

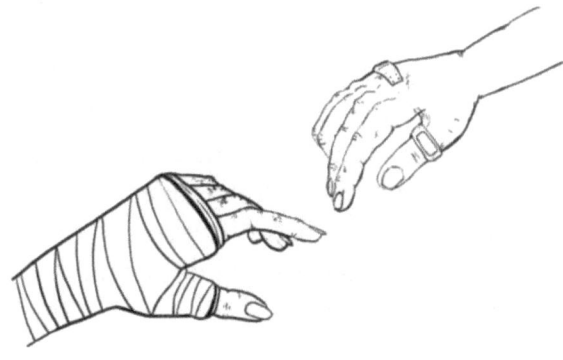

Schuhe

„Ich habe keine passenden Schuhe zu meinem Kleid." Sie steht vor unserem sechs Meter langen Kleiderschrank. Was heißt hier unser Kleiderschrank, eigentlich ist es ihrer. Mir sind nur noch ungefähr 1,50 Meter zugeteilt. Am Anfang war es noch gerecht, drei Meter für jeden. Ein Jahr später hatte ich nur noch 2,50 Meter.

„Du hast doch noch Platz bei dir!"

Und schwupp, hing die erste Jacke von ihr in meinem Bereich. Im Laufe der Zeit wurde meine Zone immer mehr annektiert. Meine Sachen rückten enger zusammen und arrangierten sich mit ihrem kleineren Lebensraum.

„Können wir bei mir nicht eine Regalreihe für Schuhe reinmachen?"

Klar doch, der Schrankboden war ja voll davon. Also noch eine Regalreihe 3,50 Meter lang für Schuhe eingebaut.

„Du, mein Kleid ist so lang. Das hängt voll in den Schuhen. Ich hänge es bei dir mit rein." Und schwupp, wurde der Lebensraum meiner Kleidung wieder ein bisschen weniger. Mein Einwand, dass mein Bereich mittlerweile sehr voll war und ich kaum noch Platz für meine Klamotten hatte, konterte sie mit:

„Du musst halt mal deinen Schrank aufräumen. Dann hast du auch wieder Platz."

Ich räumte dann auch auf. Ihren Bereich! Als sie sah, was ich von ihren Klamotten als Altkleider betrachtete, war ich froh, dass wir keine Waffen im Haus hatten. Ich glaube aber, dass ich seitdem meinen Tinnitus habe. Das Geschrei von ihr war sehr, sehr laut.

„Aber Schatz, das hast du seit Jahren nicht mehr angehabt", versuchte ich meine Auswahl zu begründen.

„Aber es ist noch gut", war die Antwort.

Es folgte ein schlimmer Ehekrach, mit Kapitulation meiner Seite und Erfüllung von Reparationszahlungen in Form von noch mehr Klamotten. Welche anschließend sofort die Besatzungsmacht in meiner Zone verstärkten. Seitdem haben meine Sachen nur noch ein Territorium von knapp ein Meter fünfzig. Und jetzt wieder diese Kampfansage.

„Ich habe keine passenden Schuhe zu meinem Kleid."

Nein, bei gut 200 Paar Schuhen in einer mittlerweile 2 mal 4,50 Meter langen Reihe, kann ich verstehen, dass ihr genau zu diesem Kleid noch ein Paar fehlt.

„Dann zieh halt Flip-Flops an", sage ich salopp und bemerke erst dann dieses gefährliche kämpferische Funkeln in ihren Augen.

Zu spät.

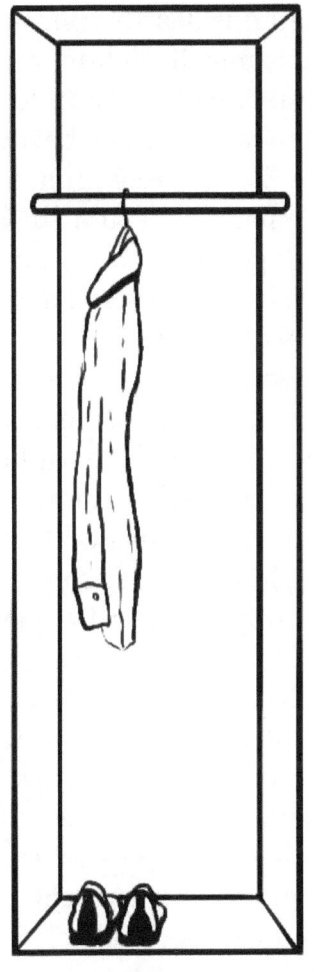

Nicht ohne mein Smartphone

Brutal schlägt mir das Tageslicht auf die Augen. Ich ziehe mir die Bettdecke über den Kopf. Keine gute Idee, Atemnot. Anscheinend habe ich nicht mehr geduscht, bevor ich mich hingelegt habe. Der Schädel dröhnt. Ich taste nach meinem Smartphone, um auf Facebook zu sehen, ob ich gepostet habe, wann und wie ich nach Hause kam. Mein Schädel sagt mir, dass ich stark alkoholisiert gewesen sein muss, aber an mehr fehlt mir die Erinnerung. Ich bin gezwungen aufzustehen, da meine Finger nirgendwo in der Nähe mein Smartphone ertasten. Auch auf die visuelle Art ist es nicht zu finden. Das gibt es doch nicht. Wo habe ich das blöde Ding hingelegt? Rasterartiges Absuchen der Wohnung. Kein Treffer. Smartphone unauffindbar. Ich gehe zu meinem PC. Starte die Software „Mein Handy finden".

Warten – endlich erscheint auf dem Bildschirm eine Karte mit einem Punkt. Es soll sich in Essen befinden, Rüttenscheider Straße.

Ok, ich bin hier in Gelsenkirchen, ca. 25 km von meinem Smartphone entfernt. Ich schaue noch schnell auf Facebook, ob ich wenigstens noch gepostet hatte, wo ich zuletzt war. „Frida Discotheque". Kann mich nicht erinnern, was ich da gemacht habe. Sehe mir meine Facebook-Bilder an. Habe drei attraktive Frauen im Arm. Keine von denen kenne ich.

Poste noch eben: „Filmriss ist scheiße." Dann mache ich mich auf den Weg, um mein Smartphone aus Essen zu holen. Drucke noch schnell den letzten Aufenthaltsort von dem Handy aus und gehe hinaus auf die Straße. Ich Depp hätte mir auch noch die Wegbeschreibung ausdrucken sollen. Mein Versuch, ins Haus zu kommen, scheitert kläglich. Schüssel in der Wohnung vergessen. Gerne würde ich posten: „Kater ist auch scheiße."

Ich laufe zur Bushaltestelle. Wann fährt bloß der nächste Bus? Ohne meine ÖPNV-App bin ich ahnungslos. Versuche den rudimentären analogen Busfahrplan zu entschlüsseln. Der Bus kommt zum Glück, bevor ich verzweifle.

Während der Fahrt gehen mir zwei Fragen durch den Kopf. Frage eins: Wieso Essen, Rüttenscheider Straße? Und frage zwei: Bin ich im richtigen Bus?

Frage zwei beantwortet sich von selbst. Aber erst in Dorsten. Also 14 km in der falschen Richtung. Dort versuche ich es mit verbaler Kommunikation, um diesmal den richtigen Bus zu bekommen. Der 15-jährige Bengel schaut mich erstaunt an.

„Ey, Alter, woher soll ich das wissen? Haste kein Google dabei?"

Nein, habe ich nicht. Liegt irgendwo in Essen. Die 20-jährige Tussi, welche ich frage, ob sie mal eben in ihrem Smartphone nachsehen könnte, wie ich hier weiterkomme, pflaumt mich gleich an.

„Ey, hau ab! Bist du pervers, oder was? Haste kein eigenes Smartphone?"

Fühle mich hilflos und alleine gelassen. Mit Smartphone würde ich jetzt posten: „Rettet mich."

Ein Rentner nimmt sich meiner Problematik an. Er zückt etwas aus der Tasche, was er „Kursbuch" nennt, blättert ein paarmal vor und zurück und gibt mir die notwendige Information. Buch, eine tolle Sache. Etwas altmodisch, etwas unhandlich, aber es brachte ein Ergebnis. Wahnsinn.

Auf der Fahrt nach Essen kommt Langeweile in mir auf. Mit meinem Smartphone könnte ich jetzt Township spielen. Stückchenweise kommt Erinnerung zurück. Nebulös meine ich mich zu erinnern, dass ich mich über meine Dating-App verabredet hatte. Aber ohne Smartphone sehe ich keine Chance, mich an die Frau zu erinnern. In meinem Kopf finde ich weder Bild noch Name. Würde gerne: „Alkohol tötet Gehirnzellen", posten.

Der Bus erreicht sein Ziel in Essen, ich noch nicht. Ohne meine Navigations-App habe ich keine Ahnung, wie es weiter zur Rüttenscheider Straße geht. Ziellos laufe ich los und hoffe, dass mir hier irgendwas bekannt vorkommt. Die Menschen, welche mir begegnen, starren alle gebannt auf ihre Smartphones. Ich muss höllisch aufpassen, dass mich niemand umrennt. Ohne meine Fußgänger-Kollisionswarn-App lebe ich gefährlich. Ohne mein Smartphone bin ich für die anderen unsichtbar.

Das ziellose Laufen ist kein guter Plan. Auf meiner Fitness-App wären mir wenigstens 1.000 Fit-Points gutgeschrieben worden, aber ohne die App ergibt Laufen weder Sinn noch macht es Spaß. Nehme also wieder meinen Mut zusammen, um einen Menschen nach dem Weg zu fragen. Eine ältere Dame kreuzt meine Bahn.

„Hallo! Entschuldigen Sie! Können Sie mir …?"

„Nein, ich gebe Ihnen nichts. Gehen Sie arbeiten!", unterbricht mich die Dame barsch. „Aber ich möchte doch nur …", rufe ich ihr verzweifelt hinterher. Sie schüttelt den Kopf und verschwindet in eine Seitenstraße. Am liebsten würde ich auf ihrem Facebook-Profil einen Shitstorm entfachen. Blöde Kuh. Zweiter Versuch, Herr, mittleren Alters.

„Entschuldigung, ich hätte da eine Frage …"

„Nein! Ich kaufe nichts!"

„Ich möchte nichts verkaufen. Ich wollte nur was fragen."

„Ich beantworte keine Fragen, brauche kein Zeitungsabo, rette keine Tiere, bin im ADAC und möchte auch nicht mit Ihnen über Gott reden", sagt er, während er einfach an mir vorbeiläuft.

So ein Arsch. Kann man hier keinen mehr einfach nach dem Weg fragen? Diesen Gedanken denke ich so laut, dass ihn ein Hermes-Bote mit Migrationshintergrund mitbekommt, der gerade eine Lieferung in ein Haus bringt.

„Na, Alder, wo ist Problem?"

Endlich einer, der mir zuhören möchte. „Voll krasser Scheiß, ey", sagt er, nach dem ich ihm meine Geschichte erzählt habe.

„Hast du große Glück, Mann, nächschte Lieferung muss isch Rüttenscheider Straße. Weist was, nehm disch mit."

Er lässt mich an Hausnummer 1 auf der Rüttenscheider Straße aussteigen, wünscht mir viel Glück und gibt mir den Hinweis, dass die Straße 3,2 km lang ist und bis zur Hausnummer 325 geht. Und das, ohne in Wikipedia nachzulesen. Genial der Kerl. Da stehe ich jetzt. Weiterhin planlos. Klingel ich an jedem Haus und frage nach meinem Smartphone. Oder rufe alle 50 Meter, ob jemand mein Smartphone gefunden hat. Jetzt erstmal Hunger und ich gehe in den erstbesten Supermarkt. Überlege, was mir meine Foodplanning-App in dieser Situation zum Essen vorschlagen würde. Bin unentschlossen, was ich kaufen soll. Entscheide mich für eine Dose Red Bull und eine Packung Knoppers. Koffein und ein gesundes Frühstück zum späten Nachmittag. Hab genau das Richtige gefunden.

Lege an der Kasse einen 10-Euro-Schein hin. „Ne jetzt, oder?"

Die Kassen-Matrone schaut mich vorwurfsvoll an.

„Was jetzt?", frage ich zurück.

„Bargeld?", sagt sie mit fragendem verächtlichem Unterton. „Nicht wirklich, oder?"

„Wieso? Wo ist das Problem?"

„Ich habe schon eingegeben, dass Sie bargeldlos bezahlen, so wie alle anderen Kunden auch! Und jetzt kommen Sie mir mit Bargeld." Ich wende ein, dass ich gerade nur über Bargeld verfüge.

„Wie? Haben Sie etwa kein Smartphone mit Near-Field-Communication und Cash-App?" Könnte kotzen. Ja, habe ich. Aber irgendwo in irgendeinem scheiß Haus, auf dieser scheiß Straße, wahrscheinlich bei irgendeiner scheiß Tussi, die mich besoffen nach Hause geschickt hat. Versuche, diesen Gedanken im Geiste netter zu formulieren, bevor mein Hirn das Sendesignal an meinen Mund freigibt. Versuch gescheitert. Schreie die Kassen-Matrone an. Diese beugt sich zu dem Mikrofon an ihrer Kasse und spricht hinein:

„Reginaaaa, bitte an Kasse 3. Hier will jemand Barzahlung", tönt es durch den Laden. Und dann kommt Regina auf mich zu. Ein Traum von Frau. Hohe Stiefeletten mit Pfennigabsatz, endlos lange Beine, aufregend kurzer enganliegender Rock, schmale Taille, runde pralle Brüste, lange glatte schwarze Haare und … ein Gesicht, das mir plötzlich bekannt vorkommt.

Scanne meinen Gedächtnisspeicher ab. Treffer! Sie ist eine von den drei Frauen mit mir auf dem Facebook-Foto von letzter Nacht.

Ihre Begeisterung hält sich zu meiner Überraschung in Grenzen, als sie mich sieht. Nachdem der Bezahlvorgang geregelt ist, deutet sie mir mit einer Kopfbewegung an, dass ich ihr ins Büro folgen soll.

„Was machst du hier?", raunzt sie mich an. Irritiert schaue ich sie fragend an.

„Hey, das war eine einmalige Sache. Das hat ein One-Night-Stand so an sich und du tauchst hier so einfach auf. Woher weißt du eigentlich, wo ich arbeite? Stalkst du mich etwa? Du bist so was von krank!"

Würde, wenn ich könnte, jetzt posten:

„Versteht einer die Frau?" Entgegne aber stattdessen kleinlaut:

„Mein Smartphone ist weg. Soll hier irgendwo auf dieser Straße sein."

Halte ihr dabei das Blatt mit dem Handy-Suchergebnis hin. Jetzt ist sie kleinlaut. Regina meldet sich bei ihrer Kollegin ab und macht früher Feierabend.

Wir fahren zu ihrer Wohnung in der Rüttenscheider Straße. Auf dem Weg dorthin updatet sie meinen Erinnerungsspeicher.

Ihre Freundin hatte sich mit mir über die Dating-App zu einem Blind Date in der Diskothek verabredet. Da ich ihr allererstes Date über die App war, hatte sie vorsichtshalber noch zwei Freundinnen mitgebracht. Man weiß schließlich nie, was für ein Typ da wirklich aufkreuzt. Die Check-Your-Date-App sagte aber, dass Regina und ich besser zusammenpassen würden. Also nahm Regina mich mit zu ihr nach Hause. Dort tranken wir ein paar Gläser Wein und landeten in ihrem Bett.

Kann mich leider nicht daran erinnern.

Wir probierten einige Stellungsvorschläge der Kamasutra-App aus.

Blöd, kann mich immer noch nicht erinnern. Frage, wie ich so war im Bett.

„Scheiße!", ist die Antwort.

Kann mich zum Glück nicht erinnern.

Sie sagt, dass sie mir bei der Bewerte-dein-Date-App einen von zehn Punkten gegeben hat, weil ich mich bemüht habe. Na prima, werde ihr auch nur einen Punkt geben. So toll sieht sie nun wirklich nicht aus. Die kann froh sein, dass ich besoffen war und mit ihr in die Kiste gesprungen bin. Anschließend hatten wir nach den Sexversuchen noch die eine oder andere Flasche Wein bei ihr geleert und dann über die Uber-Taxi-App eine Fahrgelegenheit für mich nach Hause gefunden.

Also nicht ich habe die Fahrgelegenheit gefunden, sondern sie für mich. Nachdem mein

Magen mit der Menge Alkohol etwas überfordert war und ich zum Übergeben nicht zum Klo, sondern zum näher gelegenen Fenster gerannt war. Hatte dabei wohl mit meinem Mageninhalt einen spät heimkehrenden Nachbarn getroffen. Das war der Zeitpunkt, als sie es für besser befand, dass ich gehe.
Man kann sich aber auch anstellen.

Wir erreichen ihre Wohnung und finden recht zügig mein Smartphone unter ihrem Bett. Wir versprechen uns gegenseitig, dass wir uns niemals wiedersehen werden und auch nicht versuchen, Kontakt aufzunehmen. Seltsamerweise muss ich ihr das aber mehr versprechen als sie mir, beziehungsweise ich soll ihr das schwören.

Im Stillen habe ich noch gehofft, dass sie mich fragt, wie ich nach Hause komme. Aber offensichtlich ist ihr das total egal. Sie schiebt mich Richtung Wohnungstür und schließt diese hinter mir. Keine Umarmung, keinen Abschiedsgruß. Einfach so abgeschoben. Womit habe ich das verdient?

Zurück auf der Straße möchte ich „Hurra – Smartphone wieder da. Albtraum ist zu Ende!" posten. Geht aber nicht. Akku leer.

Würde jetzt gerne auf meiner Sprich-mit-Gott-App fragen: „Wieso immer ich?"

Meinem Schicksal ergeben laufe ich die Straße runter. Kenne ja jetzt den Heimweg – analog.

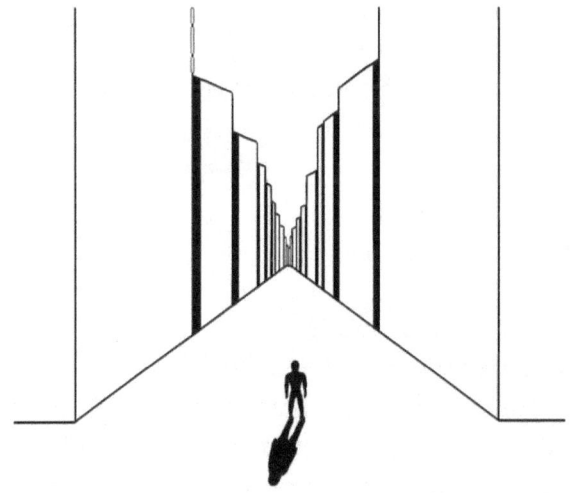

Zurück

Der laute Knall der Garagentür reißt mich aus dem Schlaf. Ich höre Gekicher und Tuscheln.

„Hast du den Haustürschlüssel gefunden?"

„Ja! Im Hasenfutter."

„Ist das Auto auch aus?"

„Weiß nicht, denke schon."

„Der läuft aber noch!"

„Nein, hab den Schlüssel in der Hand."

„Aber der läuft noch!"

Kichern.

„Pst! Nicht so laut!"

„Mach das Auto aus!"

„Hab ich!"

„Soll ich Papa fragen?"

„Nein, der schläft doch schon."

Schritte bewegen sich zur Haustür. Ein Schlüssel klimpert, sucht seinen Weg ins Schlüsselloch. Schritte auf der Treppe. Ein Kopf, der vorsichtig ins Schlafzimmer schaut. „Wir sind da."

Ganz leise, damit auch niemand aufwacht, aber man das Gefühlt hat, sich zurückgemeldet zu haben. Ich blinzle zur Uhr. 2:50 Uhr. Nach vier Tagen sind die Töchter zurück. Das erste Mal ohne Eltern weg. Das erste Mal ohne

Papa 500 Autobahnkilometer gefahren. Das erste Mal losgelassen. Das erste Mal die Sorgen der eigenen Eltern verstanden und durchlebt. Das Auto ist heißgefahren, 10 Minuten läuft der Kühler noch nach und kommt dann zur Ruhe. Ich auch. Sie sind wohlbehalten zurück. Die Töchter und das Auto.

„Ist gut", murmle ich, drehe mich zur Seite und schlaf ein. Das Abenteuer „Rock im Park" ist zu Ende.

Wer liest denn schon den Beipackzettel?

Das ist es also. Das Mittelchen für den Mann, der den Frühling seiner Jahre hinter sich, den Herbst aber noch nicht erreicht hat. Sozusagen für den, bei dem der Stängel noch kräftig, aber die Blüte schon welk ist. Dieses Medikament soll jetzt helfen, dass es mir gut geht.

„Versuchen Sie es mal", sagte mein Arzt.

„In einem Monat nehmen wir wieder Blut ab und sehen, ob es was gebracht hat."

Ein Versuch sei es Wert und schaden wird es nicht. So halte ich jetzt die Packung in der Hand. Testosteron. Für dieses Zeug würden osteuropäische Hammerwerferinnen wie Vampire über Männer herfallen, um ihnen dieses Hormon aus dem Blut zu saugen. Na gut, wenn der Doc sagt, es hilft, dann rein damit. In der Packung sind 30 kleine Portionsbeutel Testosteron. Einer für jeden der nächsten Tage. Ich nehme einen Beutel heraus, reiße ihn auf. Eine klare gelartige Flüssigkeit tritt heraus. Mund auf und rein damit. Kleine Portionsbeutel sind praktisch. Mein Magenmittel gegen Sodbrennen steckt auch in Portionsbeuteln. Kein lästiges Abmessen, kein Kleckern beim

Ausschütten, kein Tröpfchenzählen. Einfach aufreißen, ab in die Schnute, schlucken und fertig. Das Testosteron ist kaum im Mund angekommen, da merke ich, wie mir die Tränen in die Augen schießen. Die Nase wird schlagartig frei, der Rachenraum brennt. Eine ganze Packung Fisherman's Friend kann nicht diese Wirkung entfalten wie dieser eine Portionsbeutel Testosteron.

Hölle, ich zwinge mich, dieses Zeug runterzuschlucken. Wahnsinn, und das nehmen Hammerwerferinnen freiwillig? Ich spüre, wie das Zeug brennend meine Speiseröhre hinabgleitet. Mein Mund fühlt sich pelzig an, die Zunge wie betäubt. Schnell suche ich eine Flasche Mineralwasser und kippe diese hinterher. Der Geschmack ist widerlich, bekleckere mich beim hastigen Trinken, verschlucke mich. Das Mineralwasser kommt schäumend aus Mund und Nase wieder raus. Nicht, dass ich jetzt aussehe wie ein Schwein, von oben bis unten mit Wasser besudelt. Nein, das Testosteron hat jetzt meinen Magen erreicht und brennt dort fröhlich weiter. Hatte ich mich ohne das Zeug noch schlaff und abgespannt gefühlt, so bin ich jetzt hellwach und aufgekratzt. Bei nächster Gelegenheit werde ich meinem Arzt in den Arsch treten. Wie kann er mir so einen Scheiß verschreiben? Hecktisch renne ich auf und ab. Mein Magen brennt wie Feuer, der Mund pelzig, die Zunge taub. Hätte ich jetzt einen Hammer, würde ich das Ding durch die Wand werfen und den Weltrekord der Polin Anita Wladarczyk von 82,98 Meter weit übertreffen. Und diese Wirkung des Testosterons soll jetzt jeden Tag so eintreten? Danke, darauf kann ich verzichten. Auf der Suche nach meinem Mittel gegen Sodbrennen, renne ich fast meine Frau über den Haufen. Sie fragt was los sei.

„Nix ist los", blaffe ich, „das Scheiß Medikament vom Doc brennt wie Sau."

Ihre blöde Frage, ob das vielleicht eine Nebenwirkung sei, hätte sie sich sparen können. Woher soll ich wissen, was das Zeug für Nebenwirkungen hat? Der Hinweis ihrerseits, dass das in dem Beipackzettel steht, hebt jetzt nicht gerader meine Laune. Wer liest schon den Beipackzettel?

Sie liest den Beipackzettel. Von Sodbrennen, pelzigem Mundraum und tauber Zunge steht nichts drin. Wie auch? So ein Test-Affe im Versuchslabor kann ja schließlich nicht sagen: „Oh, jetzt brennt aber mein Magen und im pelzigen Mundraum wird die Zunge ganz taub."

Nein! Entweder er stirbt oder er überlebt. Letzteres rechtfertig anscheinend, dass dieses Teufelszeug mir verschrieben werden kann. Haarausfall und Stimmungsschwankungen seien aber eine Nebenwirkung, doziert meine Frau. Ja, wie recht sie gerade hat. Meine Stimmung schwankt im Moment zwischen Wut und Lust auf Amoklauf. Unbeeindruckt von meinem Gemütszustand zitiert sie weiter. Bei Anwendung von Testosteron wurden weiter Nebenwirkungen beobachtet. Zum Beispiel Nervosität, Depression, Feindseligkeit, sowie häufige und langanhaltende Erektionen. Na toll! Es macht mich gerade nervös, dass dieses Mist-Mittel gegen Sodbrennen nicht zu finden ist. Sollten wir keines mehr im Haus haben, werde ich depressiv und stürze mich aus dem Erdgeschoss. Wenn meine Frau mir noch weiter diesen drecks Beipackzettel vorliest, erfährt sie was es heißt, feindselig zu werden. Außerdem ist das Einzige, was gerade erigiert ist, meine Zunge. Gott, sie wird steif!

Voller Ignoranz meines Zustandes liest sie weiter. Wo ich mir das Zeug aufgetragen habe, will sie wissen. Aufgetragen? Wieso aufgetragen? Für wie blöde hält die mich?

„Das sind Portionsbeutel, ich habe das Zeug natürlich geschluckt", kläre ich sie auf.

Oder glaube sie etwa, dass ich mir das in die Haare und auf den Hintern schmiere? Sie schaut mich mit großen Augen erstaunt an und stammelt dann, dass das eigentlich zum Einreiben auf Arme, Schultern und Bauch sei. Ein Portionsbeutel pro Tag. So steht es in dem Beipackzettel auf Seite zwei. Ich nehme die Packung mit den Portionsbeuteln, drehe und wende sie. Auf der ganzen Packung steht nichts von Einreiben, sondern nur: „Nach dem Öffnen des Beutels gesamten Inhalt sofort anwenden." Habe ich gemacht. Woher soll ich denn wissen, dass man das Testosteron einreiben soll?

„Indem du zur Abwechslung mal vorher den Beipackzettel liest", sagt sie. Hätten die aber auch direkt auf die Packung schreiben können. „Zum Einreiben" oder sowas in der Art.

IDIOTIKUM FORTE - TESTOSTERON
Wirkstoff: Saccharose

Lorem ipsum dolor sit amet, consetetur adipiscing elit, sed diam nonumy eirmod tempor invidunt ut labore et dolore magna aliqua. Ut enim ad minim veniam, quis nostrud exercitation ullamco laboris nisi ut aliquip ex ea commodo consequat.

Duis aute irure dolor in reprehenderit in voluptate velit esse cillum dolore eu fugiat nulla pariatur. Excepteur sint occaecat cupidatat non proident, sunt in culpa qui officia deserunt mollit anim id est laborum. Sed ut perspiciatis unde omnis iste natus error sit voluptatem accusantium doloremque laudantium, totam rem aperiam, eaque ipsa quae ab illo inventore veritatis et quasi architecto beatae vitae dicta sunt explicabo. Nemo enim ipsam voluptatem quia voluptas sit aspernatur aut odit aut fugit, sed quia consequuntur magni dolores eos qui ratione voluptatem sequi nesciunt. Neque porro quisquam est, qui dolorem ipsum quia dolor sit amet, consectetur, adipisci velit, sed quia non numquam eius modi tempora incidunt ut labore et dolore magnam aliquam quaerat voluptatem.

Lorem ipsum dolor sit amet, consectetur adipiscing elit, sed do eiusmod tempor incididunt ut labore et dolore magna aliqua. Ut enim ad minim veniam, quis nostrud exercitation ullamco laboris nisi ut aliquip ex ea commodo consequat. Duis aute irure dolor in reprehenderit in voluptate velit esse cillum dolore eu fugiat nulla pariatur. Excepteur sint occaecat cupidatat non proident, sunt in culpa qui officia deserunt mollit anim id est laborum. Sed ut perspiciatis unde omnis iste natus error sit voluptatem accusantium doloremque laudantium, totam rem aperiam, eaque ipsa quae ab illo inventore veritatis et quasi architecto beatae vitae dicta sunt explicabo. Nemo enim ipsam voluptatem quia voluptas sit aspernatur aut odit aut fugit, sed quia consequuntur magni dolores eos qui ratione voluptatem sequi nesciunt.

Neque porro quisquam est, qui dolorem ipsum quia dolor sit amet, consectetur, adipisci velit, sed quia non numquam eius modi tempora incidunt ut labore et dolore magnam aliquam quaerat voluptatem. Lorem ipsum dolor sit amet, consectetur adipiscing elit, sed do eiusmod tempor incididunt ut labore et dolore magna aliqua. Ut enim ad minim veniam, quis nostrud exercitation ullamco laboris nisi ut aliquip ex ea commodo consequat. Duis aute irure dolor in reprehenderit in voluptate velit esse cillum dolore eu fugiat nulla pariatur. Excepteur sint occaecat cupidatat non proident, sunt in culpa qui officia deserunt mollit anim id est laborum. Sed ut perspiciatis unde omnis iste natus error sit voluptatem accusantium doloremque laudantium, totam rem aperiam, eaque ipsa quae ab illo inventore veritatis et quasi architecto beatae vitae dicta sunt explicabo.

Nemo enim ipsam voluptatem quia voluptas sit aspernatur aut odit aut fugit, sed quia consequuntur magni dolores eos qui ratione voluptatem sequi nesciunt. Neque porro quisquam est, qui dolorem ipsum quia dolor sit amet, consectetur, adipisci velit, sed quia non numquam eius modi tempora incidunt ut labore et dolore magnam aliquam quaerat voluptatem.

Lorem ipsum dolor sit amet, consectetur adipiscing elit, sed do eiusmod tempor incididunt ut labore et dolore magna aliqua. Ut enim ad minim veniam, quis nostrud exercitation ullamco laboris nisi ut aliquip ex ea commodo consequat. Duis aute irure dolor in reprehenderit in voluptate velit esse cillum dolore eu fugiat nulla pariatur. Excepteur sint occaecat cupidatat non proident, sunt in culpa qui officia deserunt mollit anim id est laborum. Sed ut perspiciatis unde omnis iste natus error sit voluptatem accusantium doloremque laudantium, totam rem aperiam, eaque ipsa quae ab illo inventore veritatis et quasi architecto beatae vitae dicta sunt explicabo. Nemo enim ipsam voluptatem quia voluptas sit aspernatur aut odit aut fugit, sed quia consequuntur magni dolores eos qui ratione voluptatem sequi nesciunt. Neque porro quisquam est, qui dolorem ipsum quia dolor sit amet, consectetur, adipisci velit, sed quia non numquam eius modi tempora incidunt ut labore et dolore magnam aliquam quaerat voluptatem. Lorem ipsum dolor sit amet, consectetur adipiscing elit, sed do eiusmod tempor incididunt ut labore et dolore magna aliqua. Ut enim ad minim veniam, quis nostrud exercitation ullamco laboris nisi ut aliquip ex ea commodo consequat. Duis aute irure dolor in reprehenderit in voluptate velit esse cillum dolore eu fugiat nulla pariatur. Excepteur sint occaecat cupidatat non proident, sunt in culpa qui officia deserunt mollit anim id est laborum.

Fitnessarmband

Neulich waren wir bei Harry zum Geburtstag eingeladen. Mit Kaffee und Kuchen wurde gestartet und später ging es dann nahtlos zu Bier und leckerem Abendessen über. In der einen Ecke hockten die Frauen und tratschten über den neusten Klatsch in der Nachbarschaft, Neuerungen im Tupper-Sortiment, Vorzüge vom Thermomix und andere Belanglosigkeiten. In der anderen Ecke saßen wir Männer und unterhielten uns über Fußball, Autos, die Ausgabe des aktuellen Playboys und weiter wichtige Themen. Worüber wir nicht sprachen, war dieses Armband, welches Harry an dem Tag zum ersten Mal trug. Wozu auch? Jeder in der Runde wusste, was das für ein Ding war. Wochen im Voraus erzählte er jedem, dass er sich zum Geburtstag ein Fitnessarmband oder auch einen Fitnesstracker wie der Profi sagt, kaufen wollte. Diese Fitnesstracker zeichnen den ganzen Tag die Bewegungsaktivitäten des Trägers auf. Was Harry damit wollte, war uns von Anfang an schleierhaft. Bewegung und Harry passten so gut zusammen wie Vanilleeis und Senfsoße. Kann man machen, kann man aber auch vermeiden. Gut, er hatte jetzt endlich so ein Gerät.

Wozu auch immer. Es bestand also keine Notwendigkeit, ein Wort über das Ding zu verlieren.

Für uns andere Männer bestand keine Notwendigkeit, für Harry schon. Er gehört aber nicht zu der Sorte Mensch, die einem jeden Scheiß unter die Nase reiben und damit angeben. Harry ist dafür zu bescheiden. Er hofft, dass es jedem sofort auffällt, sobald er etwas neues Stylisches hat und man ihn von sich aus darauf anspricht. So nach dem Motto: „Hey, was hast du denn da für ein großartiges Teil?" Das ist der Moment, den Harry liebt, dann kann er alles über das Ding erzählen und niemand denkt sich: „Was für ein Angeber." Schließlich hat man selbst nachgefragt.

Auf diesen Moment arbeitete Harry schon den ganzen Abend hin. Ständig schaute er bewusst unbewusst auf dieses Ding an seinem Handgelenk, dann mal wieder auf sein Smartphone, dann mal wieder auf das Ding am Handgelenk. Wie ein stilles Abkommen sprach ihn niemand auf das Fitnessarmband an. Man merkte ihm förmlich an, dass er endlich darüber sprechen wollte, aber niemand tat ihm den Gefallen. Außerdem gab es genug Themen, über die wir uns unterhalten konnten. Zu vorgerückter Stunde entstand dann aber doch ein Themenloch. Mir kam dann der Gedanke, dass man ihm doch eine Freude machen könnte und das Fitnessarmband an seinem Handgelenk anspricht, war ja schließlich sein Geburtstag. Sodann formulierte ich laut die von ihm erhoffte Eingangsfrage:

„Sag mal, Harry, was ist das da eigentlich für ein Ding an deinem Handgelenk? Das sieht aus wie so ein Fitnessarmband."

Endlich fragte ihn jemand, die Freude war ihm anzusehen.

„Ja, genau. Das habe ich mir selbst zum Geburtstag geschenkt."

„Aha, und was willst DU damit?"

Harry verdrehte die Augen.

„Schauen wie fit ich bin. Das Teil hat da etliche super Funktionen."

„Harry", entgegnete ich, „um zu schauen, wie fit du bist, brauchst du kein Armband. Das kann ich dir auch sagen. Bei deinem Bierbauch solltest du mehr Sport treiben. Ein Blick von dir in den Spiegel liefert das gleiche Ergebnis." Er ging gar nicht auf meinen Einwand ein, sondern plauderte fröhlich drauflos.

„Das Teil ist total genial. Das kann so viel. Es hat zum Beispiel eine Bluetooth-Verbindung zu meinem Smartphone. Da kann ich immer sehen, was ich den Tag über gemacht habe. Es zeigt mir an, wie viele Schritte ich gelaufen bin. Sind das weniger als zehntausend gewesen, schlägt mir das Teil vor, dass ich noch eine Runde laufen gehe. Oder hier!" Harry zeigte sein Smartphone in die Runde. „Hier kann ich sehen, wie ich die letzte Nacht geschlafen habe. Wie oft ich mich umdrehte, wie lang die Tiefschlafphase war und wie gesund mein Schlaf war."

Ich runzelte die Stirn.

„Und das zu wissen, ist wichtig?"

„Na klar, gesunder Schlaf ist sehr wichtig. Du fühlst dich viel fitter. Aber das ist noch längst nicht alles."

„Sag nicht, das Ding kann noch mehr?"

Ich heuchelte Erstaunen.

„Das kann sogar noch viel mehr. Hier, mit der Smartphone-App scanne ich den Barcode von den Sachen, die ich esse und trinke. Und zack … schon zeigt es mir die Kalorien an. Man kann sogar ganze Gerichte in der App suchen. Zum Beispiel von heute. 4 Stücke Kuchen, 2 Schnitzel, Nudelsalat, 3 Frikadellen, Käse, Kartoffelsalat, 2 Mettwürstchen und dann zeigt es auch hier die Kalorien an. Das Teil sagt dann, ob ich zu viel gegessen habe und dass ich mich mehr bewegen soll, um die Kalorien wieder abzubauen. Die App macht auch Vorschläge, mit welchen Tätigkeiten ich wie viele Kalorien verbrennen kann. Total genial."

Wenn Harry einmal in Fahrt ist, hört er so schnell nicht auf.

„Und dann hat das Armband noch die anderen Funktionen, wie Herzfrequenz und Puls messen. Wie viel Kilometer ich gelaufen oder geschwommen oder Fahrrad gefahren bin, wie lang die Trainingseinheit war und der Kalorienverbrauch. Und noch vieles mehr. Die ganzen Daten werden auf mein Smartphone übertragen, ausgewertet und abgespeichert. Das Teil ist genial und sieht auch toll aus."

Er zeigte stolz sein Armband in die Runde. „Nicht schlecht", entgegnete ich und versuchte dabei beeindruckt zu wirken.

„Ich habe auch so etwas in der Art. Deutlich kleiner, wertet mehr Daten aus, kabellose Datenübertragung, unbegrenzte Speicherkapazität und, halt dich fest, mit Sprachausgabe." Harrys Kinnlade klappte vor Erstaunen nach unten.

„Ne, haste nicht. Du verarschst mich. Zeig mal her dein Armband."

„Nix Armband, ich sagte doch, es ist kleiner. Es ist nur ein Ring."

„Wie? Nur ein Ring?"

Ich zeigte ihm meinen Ringfinger mit dem Ehering.

„Das", erklärte ich ihm, „ist der Fitring. Habe ich jetzt schon seit etlichen Jahren. Pass auf, ich demonstriere dir mal einen Teil der Funktionen."

Ich rief zu meiner Frau in der anderen Ecke:

„Schatz, wie lange bleiben wir noch? Kann ich noch ein Bier trinken?"

Die Antwort kam prompt:

„Nein, das reicht an Bier. Du schnarchst sonst die ganze Nacht und wälzt dich hin und her."

„Siehst du", sagte ich zu Harry, „so viel zu der Schlafüberwachungsfunktion. Und nun die Promilleüberwachung."

Wieder rief ich zu meiner Frau:

„Du kannst ruhig noch einen Wein trinken ich fahre uns heim."

„Von wegen, du fährst heut gar nicht mehr. Auf 1,2 Promille kommst du garantiert", ist ihre Rückmeldung.

„Beeindruckend oder nicht?", frage ich Harry.

„Und nun zeige ich dir die Bewegungsvor-schlagfunktion."

Zu meiner Frau gerichtet frage ich: „Soll ich schon mal das Taxi bestellen?"

„Du hast den ganzen Tag nur rumgesessen und gegessen. Bewegung schadet nicht. Wir laufen", kommt als Antwort.

„Da kann dein Armband nicht mithalten", sagte ich zu Harry und zu meiner Frau:

„Du, dann esse ich noch schnell ein Stück Kuchen oder nehme noch ein Schnitzel mit Kartoffelsalat. Ich habe jetzt echt wieder Hunger."

„Spinnst du?", tönte es zurück. „So spät noch essen. Du hast schon gut 800 Kalorien Kuchen, 1.800 Kalorien Schnitzel mit Kartoffelsalat und 1.200 Kalorien Bier in dir. Das reicht für heute. Mach dich fertig, wir gehen jetzt."

„Siehst du, Harry, mit Kalorienzählfunktion. Das Fitringmodel Ehefrau 1.0 besticht durch seine zuverlässigen Überwachungsfunktionen, speichert und analysiert alle Daten, macht Bewegungsvorschläge und sieht auch noch gut aus."

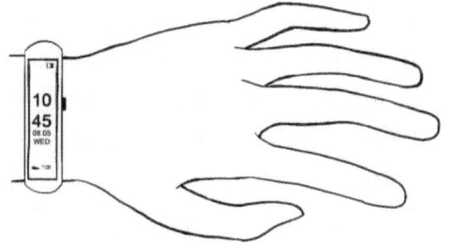

Po Ente

Schon seit einer halben Stunde sitzt sie am Küchentisch und nagt an ihrem Bleistift.

„Was machst du da?", frage ich meine Tochter.

„Denken!"

„Und worüber? Kann ich dir helfen?"

„Nee, kannst du nicht."

„Wieso nicht? Ich habe doch studiert. Also los, was ist das Problem?"

„Papa, da kannst du mir nicht helfen."

Der Ton meiner Tochter wirkt etwas genervt. Aber als guter Vater bin ich doch da, wenn sie Hilfe bei den Hausaufgaben braucht. Also bohre ich weiter nach. Wenn sie meine Hilfe nicht annehmen will, dann wird sie halt aufgedrängt. Formuliere meine Frage deshalb konkreter.

„Ist es Mathe? Physik? Chemie? Englisch? Relativitätstheorie? Komm, sag schon. Das sind alles meine Themen. Das kann ich. Ehrlich."

„Papa, es ist Deutsch."

Diese Aussage hat bei ihr einen abfälligen Unterton.

„Deutsch?", frage ich nach.

„Wieso kann ich da nicht helfen? Ich bin Deutscher. Seit meiner Geburt. So wie meine Eltern, meine Großeltern, meine Urgroßeltern, meine …"

„Papa, ist gut. Du kannst mir nicht helfen. Ok?"

Bin etwas gekränkt, glaubt meine Tochter, ich bin zu doof für Deutsch? Ich schaue sie beleidigt an.

„Ach Mann, Papa! Ich muss eine Geschichte mit einer Pointe schreiben", klärt sie mich auf.

„Ach so, da kann ich dir helfen. Po Ente, sag das doch gleich."

„Jetzt sag nicht, du hast eine Geschichte mit einer Pointe", hakt meine Tochter nach, „und nach Möglichkeit lustig und irgendwie auch wahr?"

Ungläubig und skeptisch schaut sie mich an.

„Also, es heißt Po Ente nicht Pointe und das mit der Po Ente war so", beginne ich zu erzählen.

Wir waren damals so 18 oder 19 Jahre alt. Der Sommer war heiß. So richtig heiß. Man sprach damals von einem Jahrhundertsommer. An einem Freitagabend trafen wir uns unter der Eisenbahnbrücke am Fluss, unserem Lieblingsplatz. Wir, das waren meine drei

Kumpels und unsere Freundinnen. An dem Abend wurde gegrillt und reichlich Alkohol in uns reingeschüttet. Gegen Mitternacht beschlossen wir, in dem Fluss zu schwimmen. Nackt. Wir hatten schließlich keine Schwimmsachen dabei. Bernd kam auf die Idee, eine Arschbombe von der Eisenbahnbrücke in den Fluss zu machen. Unter der Brücke schwammen gerade ein paar Enten durch. Mit den Worten „Die versenke ich!" sprang er runter. Und tatsächlich, er erwischte sie voll. Wir haben uns kaputtgelacht. Als er wieder am Ufer war, steckten ein paar Entenfedern zwischen seinen Pobacken. Wir haben uns nicht mehr eingekriegt vor Lachen und sagten, das ist eine Po Ente."

Meine Tochter schaut mich irritiert an.

„Soll ich das wirklich schreiben, Papa?"

„Nein, besser nicht. Aber lustig und wahr ist die Geschichte schon."

Lachend verlasse ich die Küche.

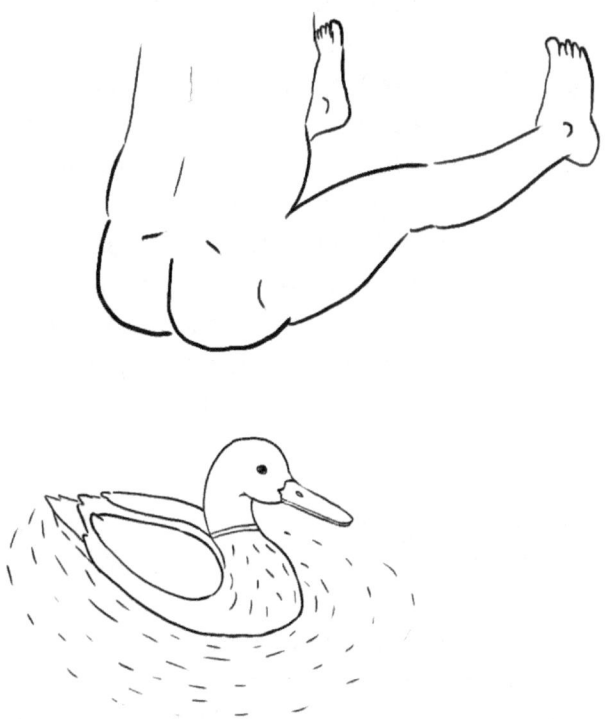

Sterbenskrank

Hätte nie gedacht, dass ich mal einsam sterben würde. Gut, konnte sich auch keiner darauf einstellen. Bis vor ein paar Tagen ging es mir noch gut. War richtig putzmunter, voller Lebensfreude und Tatendrang. Aber plötzlich, wie aus heiterem Himmel, hat es mich erwischt. Die ersten Warnzeichen hatte ich noch großzügig ignoriert. Halb so wild, dachte ich. Kein Grund voller Panik zum Arzt zu rennen. Wird schon wieder. Von wegen, es wurde immer heftiger und gestern Morgen musste ich mir eingestehen, dass es nicht mehr ging. Bis vorgestern hatte ich mich noch tapfer ins Büro geschleppt und unter Qualen meine Arbeit verrichtet. Die Kollegen hatten richtig Mitleid mit mir. „Geh doch endlich zum Arzt und bleib daheim", sagten sie. Aber nein, wenn ich schon sterben muss dann im Büro. Ich meine, irgendwo mal gelesen zu haben, dass die Witwenrente höher ausfällt, wenn man an seinem Arbeitsplatz stirbt. Nur Pflichtbewusstsein und Fürsorge gegenüber meiner Frau hatten mich in meinem Zustand ins Büro getrieben. Und was ist ihr Dank? Sie verlässt mich an meinem Sterbebett. Nachdem ich gestern Morgen eingesehen habe, dass es ohne ärztliche

Unterstützung doch nicht geht, bin ich zu meinem Hausarzt gegangen. Hätte ich mir aber auch schenken können. Ein paar alberne Pillen verschreibt er mir. Morphium, das wäre es gewesen. Aber nein, so etwas verschreibt mir der liebe Onkel Doktor nicht. Dafür geht es mir nicht dreckig genug. Ja, wie dreckig muss es mir noch, gehen damit er mir was Ordentliches verschreibt? Da habe ich jahrelang mit meinen Kassenbeiträgen für seinen Wohlstand gesorgt und jetzt bekomme ich zum Ende hin nicht einmal Morphium. Das werde ich mir merken!

Mit letzter Kraft schleppte ich mich vom Arzt nach Hause.

„Du siehst gar nicht gut aus", bemerkte meiner Frau. Das hatte sie gut erkannt. Endlich. Ich schilderte ihr so schonend wie möglich die Diagnose und zog mich auf mein Sterbebett zurück.

Da liege ich jetzt, alle Knochen schmerzen, das Atmen fällt mir schwer, Husten durchschüttelt meinen geschundenen Körper, Schweiß läuft mir von der Stirn. Es geht langsam dem Ende zu.

Meine Frau hatte sich gestern noch rührend um mich gekümmert. Und heute? Fehlanzeige! Gestern hatte sie mir auf meinen

Wunsch hin noch eine heiße Milch zubereitet. Leider schwamm da obendrauf noch die Milchhaut. Das mag ich gar nicht. Als Ersatz für die missglückte Milch hatte ich sie dann um einen Tee gebeten. Und was bringt sie? Pfefferminztee! Damit kann man mich jagen. Habe ich vor Zeiten auch Mal erwähnt. War ihr wohl nicht wichtig genug, dass sie sich das merkt. Der Kamillentee als Ersatz für den Pfefferminztee war mit Zucker und schmeckte zum Kotzen. Da war plötzlich Schluss mit ihrer Fürsorge. Ist es denn zu viel verlangt, einem sterbenskranken Ehemann wenigstens einmal etwas recht zu machen?

Anscheinend schon, denn heute Morgen packte sie ihre Tasche und hat mich verlassen. Das werde ich in meinem Testament berücksichtigen. Es wird Zeit, dass ich mich damit auseinandersetze. Viel Zeit bleibt mir nicht mehr. Grüble den ganzen Vormittag schon darüber, was ich eigentlich zu vererben habe. Ein paar Bücher, eine Whisky-Sammlung, meine Playboy-Hefte, lückenlos seit 1984, und das war es dann auch schon. Oder gibt es sonst noch etwas in meinem Leben, was ich vererben kann? Das Nachdenken fällt mir schwer und ermüdet mich. Atmen wird durch heftiges Husten begleitet. Der Bauch schmerzt.

Morphium wäre jetzt nicht schlecht. Ich bekomme keine Luft mehr durch die Nase, mir ist heiß, Schweiß läuft in kleinen Rinnsalen von mir ab. Es geht schneller mit mir zu Ende, als ich dachte.

Wann wird man meinen Leichnam finden? Nach Stunden? Oder nach Tagen? Zufällig oder gab es jemanden, der mich vermisste und nach mir suchte?

Die Augen werden schwer, Müdigkeit überkommt mich. Langsam gleite ich dem Leben davon. Alles vor meinen Augen verschwimmt. In der Ferne vernehme ich das Geräusch einer sich öffnenden Tür, gefolgt von leisen Schritten. Im Dämmerzustand nehme ich die Silhouette meiner Frau wahr. Ich werde doch nicht allein sterben. Ein gutes Gefühl. „Schläfst du?"

Ganz leise dringen ihre Worte an mein Ohr. „Nein, Schatz", röchle ich ihr zu, „es geht mit mir zu Ende."

Versuche noch einmal tief Luft zu holen, bevor ich weiterspreche:

„Eines sollst du noch wissen: Ich habe dich immer geliebt."

Ein Hustenanfall schüttelt mich durch. Sie wirft mir irgendeine Schachtel aufs Bett.

„Hier, war nach dem Fitnessstudio noch in der Apotheke und habe deine Medikamente besorgt. Es ist nur eine dicke Erkältung. Kein Grund, einen auf todkrank zu machen", raunzt sie mich an.

„Es ist keine dicke Erkältung", krächze ich mit letzter Kraft zurück. „Es ist ein Männerschnupfen. Der schlimmste und tödlichste, den ich bisher hatte."

Dann fallen mir die Augen zu.

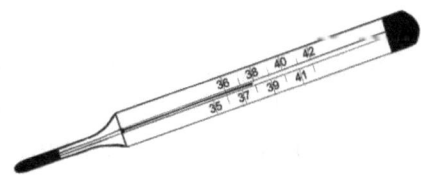

Osterhase

Das Quietschen meiner Bremsen hallt noch in den Ohren nach. Das darf nicht wahr sein, Sonntagmorgen und mir rennt der Hase ins Auto. Und nicht irgendein Sonntag, nein, es ist Ostersonntag. 5:50 Uhr, also mitten in der Nacht. Eigentlich bin ich mit meiner Familie auf dem Weg zur Ostermesse. Und jetzt liegt der Hase vor meinem Auto, umgeben von kaputten bunten Eiern und zerbrochenen Schokoladenhasen. Mitten auf der Straße liegt einsam sein Korb. Dieser Ostersonntag fängt gut an. Bin eh schon knapp dran. Hab ihn auch nicht kommen sehen. Von meiner Familie hat ihn auch niemand rechtzeitig gesehen. Wie auch? Meine Tochter schaute blöde in ihr Handy und postete gerade bei Facebook, wie gemein der Vater ist, weil er sie zwingt, mit in die Ostermesse zu kommen. Meine Frau schaute in den Schminkspiegel der Sonnenblende und malte sich noch die Lippen rot an. Niemand sagte: „Pass auf, da kommt der Hase." Natürlich habe ich ihn auch nicht kommen gesehen. Wie auch? Mein Handy war mir aus der Tasche gerutscht und ganz blöde in den Fußraum gefallen. Da beugt man sich einmal nach unten, um das Ding aufzuheben, und genau dann kommt der Hase aus der Einfahrt von Haus Nummer 17 und rennt auf die Fahrbahn. In dem Moment, als ich wieder auf die Straße sehe, ist er auch schon da. Und kein anderer aus meiner Familie blickte mal auf, um mich zu warnen. Aber jetzt schauen sie mich alle vorwurfsvoll an. Toller Ostersonntag. Ich hätte auf dieser Straße alles über den Haufen fahren dürfen. Aber den Hasen? Das verzeiht mir niemand. Der Hase ist hier in der Siedlung eine Institution. Als ich hierher zog, haben mir die Nachbarn schon von ihm berichtet. Das ist große Tradition, dass der Hase am Ostersonntag ganz früh morgens allen Kindern in der Siedlung ein buntes Ei und einen Schokoladenhasen vor die Tür stellt. Auch meine Tochter hat sich immer darüber gefreut.

„Sollten wir mal gucken, wie es dem Hasen geht?", fragt meine Frau, welche als erstes die Worte wiederfindet.

„Sobald der Dobermann von Nummer 17 sich beruhigt hat", antworte ich.

In Haus Nummer 17 sind Neue eingezogen. Die haben einen Riesenköter. Einen Dobermann. Und dieses Vieh steht am Zaun und kläfft wie blöde.

„Wenn wir jetzt aussteigen springt das Vieh über den Zaun und macht uns alle", gebe ich zu bedenken.

„Aber wir können doch nicht tatenlos im Auto sitzen bleiben", entgegnet meine Frau mit zittriger Stimme.

„Ist der Hase tot?", fragt meine Tochter von hinten.

„Nein, ist er nicht. Hat sich nur ein bisschen wehgetan", beruhige ich sie.

Meine Frau fährt mir sofort in die Parade: „Das weißt du doch gar nicht. Vielleicht solltest du mal aussteigen und nach ihm sehen!"

„Na gut, aber wenn der Dobermann über den Zaun springt, bin ich sofort wieder im Auto. Zerfleischen lasse ich mich nicht."

Vorsichtig steige ich aus und gehe vor das Auto.

„Hey, Hase, geht's dir gut? Hast du dich verletzt?"

Der Hase versucht aufzustehen. Ich gehe zu ihm hin und helfe ihm vorsichtig hoch. „Mensch, Hase, du kannst doch nicht am frühen Morgen einfach auf die Straße rennen." Der Hase stöhnt kurz.

„Tschuldigung", sagt er, „aber der Hund hat mich so erschrocken. Ich dachte, der ist im Haus. War er aber nicht. Gerade als ich die

Eier und den Schokohasen vor die Tür stellen wollte, kam er plötzlich an. Ich bin gerannt, über den Zaun gesprungen und dann habe ich nicht aufgepasst. Ich habe dich echt nicht gesehen. Tut mir wirklich leid."

Der Hase beschaut sich meinen Kühler und die Motorhaube.

„Du, die Beule zahl ich dir", sagt der Hase und zeigt auf die große Delle in der Motorhaube.

„Ach komm, lass mal gut sein, Hase. Ist nicht so schlimm. Hauptsache du hast nichts abbekommen", gebe ich gönnerhaft zurück.

„Ne, geht schon. Du warst ja zum Glück nicht schnell."

Der Hase schaut an sich an sich herab, bewegt Arme und Beine. Der Dobermann steht immer noch am Zaun und kläfft.

„Halt die Schnauze, du scheiß Köter!", brüllt der Hase dem Hund entgegen.

„Komm, Hase, ich bring dich nach Hause." „Was ist mit den Sachen? Die Eier und Schokohasen sind alle kaputt", bemerkt er. „Lass liegen, wir erzählen allen, dass der Köter von Nummer 17 den Osterhasen angefallen und zerfleischt hat. Dann haben die die Arschkarte."

„Gute Idee", findet auch Kurt Hase. Unser Nachbar von Haus Nummer 24.

Er hatte mal irgendeine Wette verloren und da er Hase mit Nachnamen heißt, sollte er am Ostersonntag Eier bei den Nachbarn vor die Tür legen. Die Siedlung hatte Spaß und die Kinder hatten sich gefreut. Deshalb macht er das jetzt seit 20 Jahren jeden Ostersonntagmorgen.

Nur heute war es nicht sein Glückstag.

Schlimmer Finger

Es fing völlig harmlos an. Erst war es nur ein bisschen rot, dann bildete sich etwas Eiter. Nicht viel, nur ein bisschen halt. Es hatte mich weiter nicht gestört. Passiert schon mal. So eine kleine Entzündung am Zeigefinger ist kein Grund zum Sterben. Der Finger war da etwas anderer Meinung. Irgendwie müssen sich die Bakterien gedacht haben: Oh, ein Finger. Dann mal nix wie rein. Und der Finger hat sich gedacht: So ein Scheiß. Was wollt ihr denn hier? Die Bakterien werden dann gesagt haben: „Hier ist es so schön, da bleiben wir bei dir, Finger."

Über Facebook, oder ein ähnliches Netzwerk in meinem Körper, haben die Bakterien dann noch mehr Freunde in den Finger eingeladen. Das hat ihm anscheinend nicht gefallen. Bakterien sind meinem Finger sehr suspekt, vor allem, wenn sie immer mehr werden wollen. Darum hat er die Immunpolizei gerufen, um diesen Eindringlingen den Garaus zu machen.

Es müssen mehrere Hundertschaften von Leukozyten angerückt sein, um diese bakteriellen Erreger zu phagozytieren, also zu fressen. Ein riesen Gemetzel. Das Schlachtfeld wurde immer größer. Und damit auch mein Zeigefinger.

Erst war die Eiterstelle nur stecknadelgroß, mit zunehmender Zeit und mehr Verlusten in der Kampfzone, wo immer mehr Bakterien und neutrophile Granulozyten zugrunde gingen, bildete sich eine erbsengroße Eiterpocke. Genau rechts neben dem Nagel. Statt dass die Immunpolizei diese ganze Sache ruhig und diskret abwickelte, machte sie mit heftigem Pochen auf sich aufmerksam. Es ging bei dem Einsatz recht hitzig zu. Ich merkte, es daran, dass sich der Finger richtig heiß anfühlte.

Nach drei Tagen hatte sich die Lage noch immer nicht beruhigt. Leukozyten und Bakterien kämpften immer noch gegeneinander. Ein Gewinner war nicht auszumachen. Mittlerweile wurde das Schlachtfeld johannisbeerengroß und nahm auch noch die Farben der französischen Trikolore an. Also Blau, Weiß und Rot. Am Arbeitsplatz störte das Ganze auch. Jeder Druck mit dem Zeigefinger auf die Tastatur oder auf die mittlere Maustaste tat weh. Und am Computer braucht man den Finger recht häufig, wie ich feststellte. Ich ignorierte das einfach. Die Entzündung ist von allein gekommen, sie wird auch von alleine wieder gehen. Irgendwann wird das Ding schon verschwinden oder einfach aufplatzen.

Leider hatte ich nicht mit der Entschlossenheit meiner Frau gerechnet. Sie war der Meinung, dass man damit zum Arzt gehen sollte. Sie hielt mir einen eher langweiligen Vortrag über Blutvergiftung, dass das schlimm aussieht und wohl auch wehtun muss. Natürlich tat das weh. Höllisch weh sogar. Aber ich bin ja keine Memme. Wegen so was gleich zum Arzt rennen und sich mit den ganzen Simulanten stundenlang das Wartezimmer teilen. Nein, es war nur eine Frage der Zeit, bis das wieder weg war. Man muss auch mal an den Selbstheilungsprozess des Körpers glauben. Außerdem, was juckt mich die pseudomedizinische Diagnose meiner Ehefrau? Gut, ein paar Sepsis-Symptome waren schon vorhanden. Zum Beispiel die interessante Farbgebung der Entzündung, die Überwärmung der Stelle, die Schwellung und der Schmerz. Dafür fehlten aber die Symptome, die mich nervös gemacht hätten wie ein roter schmerzhafter Strang, welcher entlang einer Vene fortschreitet. Aber auch Symptome wie Schüttelfrost, Verwirrtheit, Beschleunigung von Atmung und Herzschlag waren nicht vorhanden.

Letzteres trat erst ein, nachdem mich meine Frau im Büro anrief und mir mitteilte, dass ich für abends einen Termin beim Hausarzt habe. Nur weil es sie stört, dass ich leide, soll ich zum Arzt. Der werde ich noch was erzählen, wenn ich heimkomme.

Pünktlich um 17:30 Uhr betrat ich die Praxis. Die nette Dame am Empfang warf einen Blick auf meinen schlimmen Finger. Ich brauche eigentlich nur eine Salbe zum Draufschmieren, erklärte ich der Arzthelferin. Sie schüttelte den Kopf und meinte, dass der Arzt das wohl aufschneiden wird. Nein, nein, entgegnete ich kopfschüttelnd, eine Salbe reicht vollkommen aus, aufgeschnitten wird da nix. So einfach sei das nicht, meinte sie, das sieht schon recht schlimm aus. Um das Aufschneiden werde ich nicht drum herumkommen. Na gut, mit einer Narkose wird das ja nicht so schlimm werden. Ihr erstaunter Blick traf mich hart. Narkose, wiederholte sie fragend. Das wird ohne Narkose gemacht, wurde ich aufgeklärt. Man wird mich doch wohl nicht allen Ernstes ohne Narkose operieren, wandte ich ein. Passen Sie mal auf, sagte die Arzthelferin, wenn wir den Finger betäuben, dann stechen wir mit einer Nadel einmal links und rechts in den Finger ein. Das würde mehr wehtun als einmal kurz aufschneiden und fertig. Stechen, fragte ich nach. Mein Gedanke war mehr so mit Maske auf dem Gesicht und mit einem Narkosegas wie Isofluran, Sevofluran oder wegen mir auch Desfluran, in das Schlummerland geschickt zu werden, bis das Ganze vorbei war. Irgendwie hatte ich das Gefühl, dass sie mein Anliegen nicht wirklich ernst nahm. Die Arzthelferin lachte mich an und brachte mich in das Behandlungszimmer.

Nachdem ich eine Ewigkeit dort verbracht hatte, kam endlich nach 10 Minuten auch der Herr Doktor mit einer Assistentin vorbei. Er warf einen Blick auf meinen Finger, stellte fest, dass der sehr übel aussähe und auch sehr schmerzhaft sein müsste. Für die Diagnose hätte ich keinen Arzt gebraucht. Das hatte ich auch schon festgestellt. Ich klärte ihn auf, dass es reicht, wenn er mir eine vernünftige Salbe verschreibt. Dann wäre ich in 2 Minuten wieder raus und er könne sich um die Simulanten in seinem Wartebereich kümmern. Er schüttelte den Kopf und meinte, er nimmt sich mal lieber 5 Minuten Zeit und schneidet das Ding auf. So viel sei ich ihm als Patient schon wert und die Simulanten werden die paar Minuten länger schon überleben. Das mochte sein, aber ob ich den Eingriff überleben würde, daran zweifelte ich ein wenig. Seine Assistentin kramte in der Zwischenzeit ein paar Sachen aus den Schränken und Schubladen. Papierunterlagen, Verbandsmaterial, steril eingepacktes Skalpell, Pinzette, Spritze, Kanüle und Schere. Der Doktor sah sich das Sammelsurium an Utensilien an und stellte fest, dass alles da sei, was er bräuchte. Viel glänzendes Gerät beeindruckt die Patienten, bemerkte er mit einem Augenzwinkern. Nein, korrigierte ich ihn, es wirkt eher beunruhigend und außerdem fehlt auch noch der Anästhesist. Sein Lachen erfüllte den Raum. Ein sadistisches und diabolisches Lachen, wie ich fand. Von dem Schnitt würde ich gar nichts mitbekommen, klärte er mich auf. Die Schmerzen jetzt seien größer als der Eingriff. Es gibt keine Anästhesie. So sei es nun mal, entgegnete er. Ich solle mich mal nicht so anstellen.

Da zahle ich wie ein blöder meine Krankenkassenbeiträge und wenn aus darauf ankommt, wird mir eine Betäubung verweigert. Das hat mit Anstellen nichts zu tun. Das ist tiefstes Mittelalter, Operationen ohne Narkose, wetterte ich. Er lachte und fragte, ob ich hinschauen oder wegschauen möchte. Hinschauen sei interessanter, so seine Empfehlung. Meine Entscheidung fiel auf das Wegschauen. Ich muss nicht sehen, wie mir der Körper bei vollem Bewusstsein aufgeschnitten wird und irgendeine Flüssigkeit bestehend aus Proteinen und Zelldetritus, kurz Eiter genannt, ausläuft. Ich spürte, wie etwas meinen Finger berührte, vernahm ein leises Ploppen, wie das Zerplatzen einer Schneebeere, welche wir als Kinder auf die Straße warfen. Da käme Einiges raus, bemerkte mein Arzt. Das Schlimmste sei vorbei. Ich solle doch mal hinschauen. Das sähe ganz gut aus. Ärzte können so seltsam sein.

Jetzt nur noch abtupfen sagte er und dann sei es geschafft. Er presste einen Tupfer auf die klaffende Wunde. Ein brennender Schmerz durchfuhr mich. Ich überlegte kurz, ob das jetzt der richtige Moment sei, um theatralisch in Ohnmacht zu fallen. Entschloss mich dann aber doch für die männliche Variante, dem Aushalten des Schmerzes. Nur noch desinfizieren, verbinden und dann sei er fertig. Sei doch gar nicht so schlimm gewesen, stellte er fest. Das Desinfektionsmittel brannte wie Feuer auf dem weit aufgeschnitten Finger. Mein böser Blick traf ihn mitten ins Gesicht. Sollte nicht brennen, hätte der Vertreter von dem Zeug ihm gesagt. Das war eine

Verkaufslüge. Er verabschiedete sich und seine Assistentin verband meinen Finger. Ein riesen Verband. Man hätte meinen können, dass der ganze Finger ab wäre. Fühlte sich auch so an. War doch wirklich nicht so schlimm, stellte die Assistentin mit mütterlichem Ton fest. Das kommt darauf an, von welcher Seite man das betrachtet.

Eigentlich bin ich keine Memme, aber ich fand das Prozedere schon heftig und mit einer ordentlichen Salbe wäre die Entzündung auch weggegangen, früher oder später.

Ein altes Paar

Miau, Miau, Miau. Nani kommt durch die Haustür rein und erzählt mir, was sie die Nacht erlebt hat. Ich antworte ihr mit den üblichen Floskeln. Aha, sieh an, das ist großartig, gibt es doch nicht, wirklich interessant. Es läuft wie in einer alten Ehe zwischen uns. Sie erzählt, ich höre scheinbar zu und antworte mit Unverfänglichen. Hauptsache die Katze fühlt sich verstanden.

Das Ritual ist jeden Tag das gleiche. Die Katze sitzt vor der Haustür, ich öffne ihr, sie kommt rein und streckt sich erstmal im Hausflur. Dann streicht sie mir um die Beine und miaut mir ihre Nachterlebnisse vor. Anschließend frisst sie sich satt, während ich frühstücke. Sobald sie fertig ist, geht sie in ihr Körbchen und schläft. Ich beende das Frühstück und starte mein Tagwerk. Gehe zur Arbeit, werde irgendwann spät nach Hause kommen, die Jacke an die Garderobe hängen und die Katze wird mir um die Beine streichen. Ich erzähle ihr, wie mein Tag war, sie hört mir scheinbar zu, miaut Unverfängliches. Hauptsache der Herr fühlt sich verstanden. Während ich mein Abendessen zu mir nehme, frisst die Katze. Dann miaut sie mir ihre Pläne für die

Nacht vor. Ich antworte Unverfängliches. Ja, kann man machen, ist gut, sei vorsichtig, komm pünktlich Heim. Die Katze verlässt das Haus und startet ihr Nachtwerk. Ich gehe ins Bett.

Handarbeit

Beim Frühstück stöbere ich ein wenig in dem Wochenblatt, welches jeden Mittwoch kostenlos im Briefkasten liegt. Nach den mal mehr oder weniger interessanten Artikeln über das Geschehen in unserer Umgebung und Vereinsnachrichten kommt der dominante Anzeigenteil. Auch da findet man oft kuriose Sachen. Der eine sucht eine Einbauküche für seine Gartenlaube, aber möglichst umsonst und neuwertig. Der Nächste verkauft ein Doppelbett mit Gebrauchsspuren, dafür gut erhalten. Hochzeitskleid umständehalber zu verkaufen, nicht getragen.

Gartenhäcksler, Einhandbedienung möglich, aber nicht empfehlenswert.

Sportwagen, Jahreswagen wie neu (hinten), vorne gestaucht.

Nachdem ich alles überflogen habe, kommt der gemischte Teil.

Vogel entflogen.

Katze entlaufen.

Schildkröte vermisst.

Habe dich an der Ampel gesehen und mich in dich verliebt, bitte melde dich.

Röhrenfernseher zu verschenken.

Erledige Ihre Gartenarbeit.

Gebe Klavierunterricht.
Wohnungsentrümpelung kostenlos.
Samenspender gesucht.

Unterbrochen wird das Ganze zwischendrin von den Werbeanzeigen des Einzelhandels und der Gewerbebetriebe. Also nichts Spannendes in diesem Blatt. Eigentlich lese ich das nur, weil die Tageszeitung heute noch nicht da ist.

Aber Moment mal, was war das mit dem Samenspender? Ich blätter das Käseblatt nochmals von hinten durch und finde diese Anzeige wieder. Ein medizinisches Institut sucht Samenspender. Zahlen wollen die auch dafür, ganze 100 €. Nicht schlecht, für das bisschen Arbeit ist das schnell verdientes Geld. Wenn man das einmal die Woche macht, kommen im Monat 400 € zusammen. Für eine Nebentätigkeit ein netter Verdienst.

Wieso nur einmal die Woche? Bei meiner Potenz könnte ich sogar öfter spenden. Eigentlich täglich. Bei im Durchschnitt 22 Arbeitstagen im Monat wären dann 2.200 € locker drin. Das Ganze müsste sogar steuerfrei sein, denn das Geld wurde ja unter der Hand verdient. Sozusagen. Außerdem hat man gespendet, dann ist das somit eine Aufwandsentschädigung. Also sowieso steuerfrei. In meinem Kopf wächst gerade eine neue Geschäftsidee. Ich könnte mich als Samenspender selbstständig machen.

Das wäre sogar ausbaufähig. Mit Fitnesstraining und gesunder Ernährung ist noch mehr drin. Also mit Beckenbodentraining und eiweißreicher Kost könnte man mindestens dreimal am Tag spenden. Das ist ein Verdienst, der sich schon sehen lassen kann. Locker aus der Hand geschüttelt.

Bei viermal täglich könnte ich mir eine Angestellte leisten. Zwar nur geringfügig beschäftigt, aber sie könnte mir ein bis zweimal die Woche zur Hand gehen. Für den Papierkram.

Wenn ich das Samenspenden gewerblich betreibe, werde ich mich wohl bei einer Innung anmelden müssen. Die Frage ist nur, bei welcher? Da es eine Art Handel ist, wäre die Industrie- und Handelskammer zuständig. Es ist aber auch Handwerk, denn die Handarbeit überwiegt bei dieser Tätigkeit. Dann ist eigentlich die Handwerkskammer die richtige Wahl. Ob ich auch ausbilden dürfte? Und wie nennt sich dieser Beruf dann? Onanierer hört sich als Berufsbezeichnung besser an als Wichser.

„Donneur de sperme" wäre die freie französische Übersetzung. Hört sich auch wesentlich besser an.

Gerade stelle ich mir vor, wie es sein könnte, wenn die Gewerbeaufsicht bei mir vorbeikommt. Bei meinem Chef waren sie letzte Woche. Zwei Damen mittleren Alters. Die haben sich den ganzen Betrieb gründlich angeschaut. Wirklich alles. Die Büros, die Pausenräume, die Toiletten, die Produktionsanlagen. Und wenn die beiden dann plötzlich in meinem kleinen Samenspenderunternehmen stehen und sagen: „Zeigen Sie uns doch mal bitte Ihre Produktionsanlagen", dann müsste ich mit runtergelassener Hose vor denen stehen. Die eine würde wahrscheinlich sagen: „Das habe ich mir aber anders vorgestellt." Die andere würde antworten: „Ja, irgendwie größer." Ein ernüchternder Gedanke.
Ich werfe das Wochenblatt ins Altpapier. Steht eh nur Mist drin.

Halte dich raus und du kommst nicht rein

Eigentlich wollte ich an dem Abend nur noch schnell in den Elektronikmarkt fahren und schauen, was die da so an PCs haben. Als ich auf den Parkplatz fuhr, dachte ich, ich sehe nicht richtig. Da versuchte so ein südländischer Typ einer alten Dame das noch originalverpackte Handy aus der Hand zu reißen. Eigentlich mische ich mich in solche Situationen nicht ein, aber da hörte der Spaß auf. Schicke Hose und Lederjacke, aber einer alten Frau das Handy klauen. Ich trat auf die Bremse, stieg aus meinem Wagen und sagte zu dem Typen:

„Ey! Was soll das? Lass die Frau in Ruhe."

„Alter, halt dich da raus!", rief er mir entgegen.

Der spinnt doch wohl, mittlerweile hatte er der alten Dame das Handy entrissen. Mit einem schnellen Schritt war ich bei ihm, packte kräftig sein Handgelenk und entriss ihm das Handy.

„So nicht, mein Freundchen. Einer alten Frau das Handy klauen. Am helllichten Tag. Was glaubst du Arschloch eigentlich, wo wir hier sind?"

„Mensch, Alter, spinnst du?", brüllte er mich an und versuchte mich wegzuschubsen. Da war er bei mir genau richtig. Mich schubst keiner. Mit einem gekonnten Schlag auf die Zwölf setzte ich ihn schachmatt. Er verdrehte kurz die Augen, sackte wortlos in sich zusammen und klatschte auf den Boden. Mein jahrelanges Boxtraining bei den „Boxfreunden Haudrauf Gelsenkirchen-Ückendorf 05" hatte sich gelohnt. Der Typ hatte keine Meinung mehr. Ich übergab der alten Dame ihr Handy und fragte sie, ob wir die Polizei rufen sollen. Sie lehnte vehement ab. Der Typ wurde schon bestraft, sagte sie lächelnd. Dann merkte sie an, dass ihr Bus schon weg sei und sie hoffe, dass der unverschämte Kerl nicht wieder zu sich käme und sie verfolge. Da bot ich der Dame an, sie heimzufahren. Sie nahm dankend an. Beim Seniorenheim stieg sie aus. Für den Fall, dass sie den Kerl doch noch anzeigen wollte und mich als Zeugen brauchte, gab ich ihr meine Telefonnummer.

Drei Tage später rief sie mich an und fragte, ob wir uns in einem Café treffen können. Sie würde mich gerne einladen, um sich bei mir für meine Hilfe zu bedanken. In dem Café erzählte sie mir, dass sie seit ein paar Jahren in dem Seniorenheim lebt. Das sei nicht gerade billig, aber mit der Rente und dem Zuschuss vom Staat reicht es so eben, um sich das leisten zu können. Der Nachteil sei nur, sobald sie etwas Geld aus ihren Sparverträgen bekäme, würde dieses Geld ans Heim gehen. Der staatliche Zuschuss entfällt solange, bis der Betrag aufgebraucht sei. Nun erwarte sie wieder etwas Geld und es sei doch schade, dass sie nichts davon habe. Dabei würde sie doch gerne mal eine kleine Reise machen. Warum sie denn das Geld nicht einfach auf das Konto ihrer Kinder zahlen ließe und die es ihr geben, fragte ich sie. Das Heim würde davon doch nichts mitbekommen.

„Ach, wissen Sie, mit Kindern wurde ich leider nicht gesegnet", seufzte sie.

Aber ich sei doch so ein netter hilfsbereiter Mann, ob sie das Geld nicht einfach auf mein Konto einzahlen lassen könnte und ich bringe ihr das dann vorbei. Dieses Vertrauen ehrte mich und ich willigte ein. In den nächsten Tagen wurde dann immer wieder Geld auf mein Konto eingezahlt. Insgesamt rund 20.000 €. Wir trafen uns wieder im Café, wo ich ihr das Geld übergab. Sie wollte mir etwas davon geben für meine Mühe, aber ich lehnte ab. Ich dachte, dass sie es nötiger brauchte als ich.

Bei einem unserer Treffen erzählte sie mir, dass sie einen kleinen Kräutergarten hat, den sie hegt und pflegt. Und im Internet habe sie auch Leute gefunden, die ihre Kräutermischungen kaufen würden. Da es seltene, rein biologisch gezogene Kräuter sind, könne sie diese sogar für eine nette Summe verkaufen. Aber sie habe Sorge, dass die Kräuter auf dem Postweg verrotten oder nie bei den Käufern ankommen. Lieber würde sie die Kräuter selbst ausliefern. Mit dem öffentlichen Bus wäre sie da eine ganze Weile unterwegs und hätte in den unbekannten Gegenden auch noch einiges zu Fuß zu laufen. Sie bedauerte, dass sie ihr Auto vor einigen Jahren verkauft hatte und den Führerschein gegen eine Jahreskarte für den Bus eintauschte. Ihre paar Käufer wohnten alle in der näheren Umgebung. Also bot ich ihr an, an einem Samstag mit ihr die Runde zu fahren, damit sie ihre Kräuter an den Mann bringen konnte.

Am vereinbarten Samstag stand sie mit den Kräuterpäckchen vor dem Seniorenheim und sagte, dass sie sich nicht so gut fühle. Ob es mir was ausmache, ohne sie die Ware auszuliefern und auch gleich das Geld in Empfang zu nehmen. Also lieferte ich die Kräuter ohne sie aus und kassierte bei den Kunden das

Geld. Das waren schon teilweise recht seltsame Gestalten, welche die Kräuter kauften
und bei einigen Gegenden wurde sogar mir als
Amateurboxer etwas mulmig. Es überraschte
mich, wie viel Geld man mit dieser biologi-
schen Kräutermischung verdienen konnte. An
dem Samstag hatte ich fast 4.000 € für die 15
Kräuterpäckchen eingenommen. Bei der Geld-
übergabe bestand die alte Dame darauf, dass
ich für meine Mühe und den Sprit 500 € be-
halte. Da es ihr so wichtig war, habe ich das
Geld dann auch angenommen.

An dem Samstag beschloss ich, wieder zu
dem Elektronikmarkt zu fahren. Schließlich
war ich damals nicht mehr dazu gekommen,
mich dort über PCs zu informieren. Und was
soll ich sagen, da stand doch tatsächlich dieses
kleine Arschloch von damals im Laden. Das
nenne ich mal dreist. Alte Damen beklauen
und dann noch den Mumm haben, sich in dem
Elektronikmarkt rumzutreiben. Als er mich
sah huschte er durch die Gänge und verließ ei-
ligst den Laden. Einen passenden PC hatte ich
zwar nicht gefunden, dafür aber ein paar nette
Ballerspiele für meine Playstation. Als ich
nach dem Bezahlvorgang den Laden verlassen
wollte, stand dort plötzlich wieder dieser Typ.
Ich wollte ihm gerade mit Schlägen drohen,

wenn er mir nicht sofort aus dem Weg ginge, da erkannte ich hinter ihm diese zwei Polizisten und daneben einen Mitarbeiter des Elektronikmarktes.

Euer Ehren, wie ich schon bei meiner Vernehmung sagte, es war in der Situation damals für mich nicht erkennbar, dass dieser Mann der Ladendetektiv ist, und es war auch nicht erkennbar, dass die alte Dame das Handy gestohlen hatte. Hätte er mir das gesagt, hätte ich ihn doch niemals niedergeschlagen.

Was die Einzahlungen auf mein Konto betrifft, woher sollte ich wissen, dass es sich hierbei um Geldwäsche handelte. Ich glaubte wirklich, dass die Dame Gelder in Panama, Usbekistan, Honduras und Kolumbien angelegt hatte.

Und in die Kräuterpäckchen hatte ich nicht reingeguckt. Selbst wenn, woher soll ich wissen, wie Marihuana aussieht. Dass das Drogen waren, habe ich erst bei der Vernehmung erfahren. Wer denkt denn schon, dass eine alte Dame mit Drogen dealt.

Ich kann auch nicht sagen, wo sie wohnt. Wir haben uns in dem Café getroffen oder ich habe sie am Seniorenheim abgesetzt. Aber in dem Seniorenheim hatten wir uns nie getroffen.

Auch wenn ich mich wiederhole, dass die alte Dame Ladendiebstähle verübt, Geldwäsche betreibt und mit Drogen dealt, war mir bis zu meiner Festnahme in dem Elektronikmarkt nicht bekannt. Ich hoffe, dass das Gericht erkennt, dass ich Opfer und nicht Täter bin. Aber eines habe ich für die Zukunft gelernt:

Halte dich raus und du kommst nicht rein.

Mit Hängen und Würgen

„So ein Scheiß! Diese blöde Schnepfe! Wozu soll das gut sein?"

Seit einer halben Stunde sitzt meine Tochter fluchend vor den Hausaufgaben.

„Was ist denn los?", frage ich unbekümmert.

„Scheiß Deutsch! Scheiß Hausaufgaben!"

„Wo ist das Problem?"

„Die doofe Kuh hat uns Redewendungen gegeben und wir sollen was dazu schreiben. Wie die Redewendung entstanden sein könnte oder eine Geschichte dazu. Und ich habe diesen Scheiß ‚Mit Hängen und Würgen'. Wozu soll das überhaupt gut sein? Ist mir doch egal, wo diese kack Redewendung herkommt."

Als guter Vater spüre ich, dass mein Kind jetzt meine Unterstützung braucht. Als erfahrener Vater weiß ich allerdings, dass es besser ist, sich mit einer aufmunternden Floskel zurückzuziehen. Bei ihrer angespannten Stimmung könnte meine wohlwollende Unterstützung ihren Unmut auf mich ziehen.

„Ich könnte diese blöde Kuh aufhängen und würgen", mault sie weiter.

„Jetzt lass uns doch mal sachlich an das Problem herangehen", schlage ich leichtsinnigerweise vor.

„Sachlich? Diese Scheiße kann die Alte selber machen. Dann bekomme ich halt eine fünf in Deutsch. Ist die dumme Kuh doch selbst schuld!"

„Na, jetzt komm mal runter. Eine fünf wirst du schon nicht bekommen und wenn, dann ist das nicht die Schuld der Lehrerin, sondern deine."

„Toll, als Vater sollst du MICH unterstützen und nicht die scheiß Lehrerin!", keift sie mich an.

Den Zeitpunkt, mich mit einer aufmunternden Floskel zurückzuziehen, habe ich offensichtlich verpasst. Mein nächster Versuch ist der Weg der offensiven Hilfestellung.

„Jetzt lass uns doch mal überlegen, wann jemand hängt und würgt. Vielleicht bringt dich das weiter."

„Ich hänge gleich den Kopf aus dem Fenster und würge mein Essen wieder hoch, wenn ich an die verkackte Lehrerin denke!", giftet sie.

Es wird nicht einfacher, aber ich versuche mit einem

„Das kommt einem Lösungsansatz doch schon nah" meine Tochter zu ermuntern.

„Jetzt brauchst du nur noch eine kleine Geschichte, wann und warum jemand seinen Kopf aus einem Fenster hängt und würgt. Und schon ist deine Hausaufgabe fertig."

Sie sieht mich an, ihre Augen blitzen kurz auf und ein:

„Aha", entfährt ihrem Mund.

„Ja, so einfach kann es sein", sage ich und trete vorsichtig den Rückzug an.

Verdächtig ruhig und entspannt steht sie eine halbe Stunde später vor mir.

„Fertig! Dein Tipp war echt gut."

„Und was hast du geschrieben, warum jemand aus dem Fenster hängt und würgt?"

Sie lächelt mich an.

„Weißt du noch, Papa, wie du dich bei Onkel Helmut so besoffen hattest, dass du auf der Rückfahrt bei Tempo 100 aus dem Autofenster gekotzt hast?"

„Äh, ja?", sage ich vorsichtig.

„Das habe ich als Geschichte geschrieben. Du solltest dir den nächsten Elternsprechtag bei der doofen Lehrerin besser kneifen. Ist sonst peinlich", sagt sie lachend und lässt mich stehen.

Blöd gelaufen

Irgendwie blöd gelaufen. Vorhin stand Robert noch an der Ecke des Zauns. Jetzt liegt er tot unter meinem Auto. Der Trottel muss doch gesehen haben, dass ich rückwärts aus der Einfahrt fahren will. Um diese frühe Zeit ist auf der Straße nichts los. Da kann man auch mal etwas sportlicher aus der Einfahrt zurücksetzen. Wer rechnet denn schon damit, dass Robert sich genau dann in Bewegung setzt, wenn ich losfahre? Dieser Idiot. Hätte er nur einen Moment aufgepasst, wäre er noch am Leben. Das erste dumpfe „Tock" hatte ich nicht ihm zugeordnet. Erst das leichte Hopsen des hinteren linken Reifens und der kurze Schmerzensschrei animierten mich zur Vollbremsung.

Ich stehe am Wagen, schaue auf Roberts zerquetschten Brustkorb und hoffe, dass niemand den Lärm gehört hat. Verstohlen blicke ich mich um, niemand zu sehen. Glück gehabt. Die Leiche muss entsorgt werden. Diskret und schnell, damit die Nachbarin von links nichts mitbekommt. Da wohnt, beziehungsweise wohnte, Robert seit ein paar Jahren. Sie liebt ihn heiß und innig, ihren Robert. Ich rolle ihn in eine alte Decke, welche noch in meiner Garage rumlag, und verfrachte ihn erstmal in meinen Kofferraum. Schaue mich noch einmal um, ob ich wirklich nicht beobachtet wurde. Scheint so. Alles ruhig, keine Gardine bei den Nachbarn bewegt sich. Auf den Weg zur Arbeit werde ich noch kurz an der Donau halten und dort die Leiche versenken. Wenn meine Nachbarin mich dann das nächste Mal fragen sollte, ob ich ihren Kater, gesehen habe, werde ich mit unschuldigem Blick einfach „Nein" sagen.

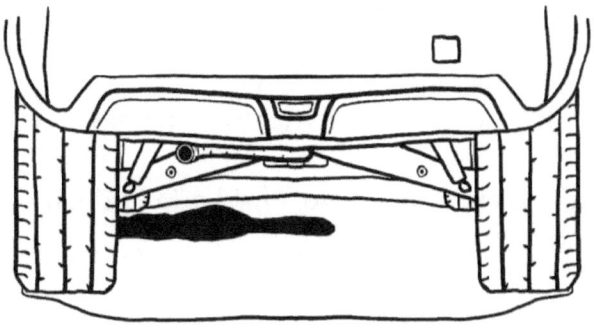

Der Teufel fährt Lada

Wer fährt in der dreißiger Zone dreißig?
Sie!
Und ich, weil dahinter.
Wer lässt bei rechts vor links dem anderen die
Vorfahrt?
Sie!
Und ich, weil dahinter.
Wer hält am Zebrastreifen und lässt die alte
Oma mit dem Rollator die Straße überqueren?
Sie!
Und ich, weil dahinter.
Wer wartet bei Gelb noch auf Grün und fährt
erst dann los?
Sie!
Und ich, weil dahinter.
Wer bremst für die Katze, welche plötzlich
über die Fahrbahn rennt?
Sie!
Und ich nicht, weil dahinter.
Wer hat keine Beule in der Stoßstange?
Sie!
Und ich nicht, denn sie fährt Lada und ich
Audi.

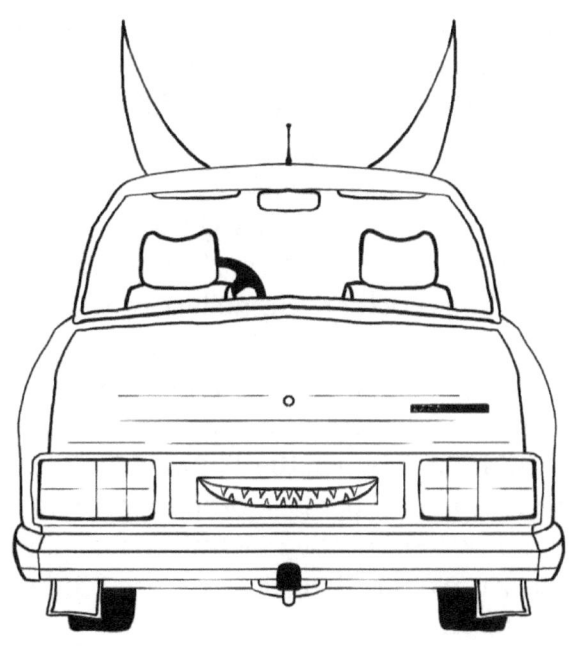

Halloween

Sicher kennt das jeder, da sitzt man abends gemütlich vor dem Fernseher und will einfach nur seine Ruhe haben. Aber an diesem einen Abend ist das nicht möglich. Dieser sogenannte Halloween-Abend.

Alle Nase lang klingeln irgendwelche Blagen an der Tür und krähen: „Süßes oder saures!" Geht es noch unorigineller? Es nervt. Anfangs rannte noch jedes Mal meine Frau zur Tür sobald es klingelte und versorgte die Banden mit Süßigkeiten. Aber irgendwann war sie der Meinung, dass ich die Tür auch mal öffnen könnte. Höflich, aber bestimmt forderte ich die Brut auf weiterzuziehen, denn bei mir gibt es nichts. Zumal ihre Tragetaschen vor Süßkram nur so überquollen.

Statt einfach nur zu verschwinden, waren diese kleinen Miststücke der Meinung, es sei lustig, mein Haus mit bunten, nassen Wattebällchen zu bewerfen oder mein Auto in Klopapier zu hüllen. Nachdem ich an meinem Tor zum Grundstück ein großes Schild „Vorsicht! Freilaufender Rottweiler!", angebracht hatte, war für ein Jahr ruhe.

Dann aber zog vorne in der Straße eine neue Familie ein. Und die hatten sehr schnell spitzbekommen, dass ich gar keinen Hund habe. Seitdem wurde ich wieder jedes Jahr von deren beiden Bälgern inklusive ihrer dazugehörigen Helikoptermutter zu Halloween belästigt.

Justin-Marvin und Pamela-Cheyenne, so heißen die beiden adipösen Nervensägen, standen mit einer kleinen lieblos ausgehöhlten Zuckerrübe vor meiner Haustür und plärrten mir ihren Text entgegen.

„Wir sind die Rübengeister und kommen von dem Meister. Der Meister hat befohlen, wir sollen hier was holen. Süßes oder Saures!"

Ich gab ihnen ein Glas Essiggurken. Plötzlich trat aus dem Schatten der Laterne Mandy hervor, die wasserstoffblondierte Mutter der beiden. Nicht nur ihr Name war nuttig, nein, auch der Rest von ihr sah aus wie eine osteuropäische Fernfahrerprostituierte. Sie brüllte mich an, dass es eine Unverschämtheit sei, den Kleinen ein Glas Essiggurken zu geben.

„Ja, was denn sonst?", fragte ich sie.

„Bonbons oder Schokolade", keifte sie zurück.

„Die wollten aber Süßes oder Saures. Und jetzt haben sie was Saures!"

„Man gibt aber grundsätzlich was Süßes! O-
der glauben Sie, meine Kinder naschen Essiggurken?"

„Schauen Sie sich doch mal Ihre Kinder an!
Da sind Essiggurken schon besser oder wollen
Sie die weiter mästen, bis die so pummelig
sind wie Sie?"

Ich schloss die Tür und vernahm wie
Mandy mir ein paar Unverschämtheiten zu-
rief. Am nächsten Morgen fand ich die Essiggurken zermanscht auf meiner Windschutz-
scheibe wieder.

Das Jahr darauf beglückte ich die kleine
Bande mit Sauerkirschmarmelade. Immerhin
von meiner Frau selbst eingekocht. Aber auch
das gab den Zuckerjunkies keine Befriedi-
gung. Sie schmierten die Marmelade auf die
Türklinke vom Haus und auf die Türgriffe
meines Autos.

Vorletztes Jahr bekamen sie drei Zitronen
von mir. Nicht irgendwelche, sondern ge-
sunde Biozitronen. Doch auch hier keine Spur
von Dankbarkeit. Sie stopften mir die Zitronen
in den Auspuff. Auf dem Weg zur Arbeit blieb
der Wagen plötzlich mitten auf der belebten
Kreuzung stehen. Der Einzige, der das lustig

fand, war der Mann vom ADAC. Alle anderen hupten wie blöde.

Letztes Jahr holte ich zum Gegenschlag aus. Mandy und ihre beiden Bälger wollten Halloween, sie bekamen Halloween. Im Internet hatte ich mir ein paar Utensilien besorgt. Zum einen eine schöne gruselige Latexmaske. Aschgrau, mit schwarzen Haaren und mit wirklich echtaussehendem blutverschmierten Gesicht. Das Blut schien aus den Augen, dem Mund und den Ohren zu laufen. So sahen Radfahrer aus, nachdem sie von einem Sportwagen über die Straße geschleudert worden waren. Aber ich setzte nicht nur auf die optische Wirkung des Kostüms. Nein, sie sollten Halloween mit allen Sinnen „genießen".

Dafür bestellte ich „Stinky's Best Stinkbomben". Der Gestank dieser ultimativen Stinkbombe sollte laut Hersteller für Endzeitstimmung und Gänsehaut sorgen. Es hörte sich zwar maßlos übertrieben an, aber auch vielversprechend. Vorsichtshalber weihte ich meine Frau nicht in meinen perfiden Plan ein. Sie hätte nur versucht, mich mit allerlei moralischen Bedenken davon abzuhalten. Also sagte ich ihr nichts von der Maske und den Stinkbomben, sondern nur, dass ich dieses

Jahr die kleinen Racker mal ein wenig erschrecken werde. Sie ermahnte mich, es ich nicht zu übertreiben. Mit „ein wenig erschrecken" konnte meine Frau leben. Sie glaubte bis dahin, dass ich nur „Buh" machen würde und nicht, dass ich sie zu Bettnässern machen wollte.

Als erstes postierte ich unsere leere Papiertonne am Rand des Weges zu unserer Haustür. Sie sollte mein Versteck sein, in dem ich mit meiner Maske ausharrte, bis die Bande samt Mutter vorbeikam. Sobald sie arglos an der Tonne vorbeiliefen, würde ich mit einem furchtbaren Schrei aus der Tonne hochspringen und die Halloweenchaoten erschrecken. Damit wären der Seh- und der Gehörsinn schon mal bedient. Für den Geruchssinn platzierte ich strategisch die drei Stinkbomben auf dem Weg. Eine vor dem Eingangstor zum Grundstück, eine in Kinderschrittlänge nach dem Tor und eine kurz vor meiner Tonne. Irgendeine der drei Ampullen mussten sie statistisch gesehen auf jeden Fall zertreten. Soweit der Plan.

Bevor ich in meine Papiertonne kletterte, schaute ich mich um, ob mich jemand beobachtete. Nichts wäre schlimmer als ein Nachbar, der die Meute augenzwinkernd vor dieser Tonne warnte.

240 Liter hörten sich für eine Papiertonne von außen recht riesig an. Wenn man aber eine halbe Stunde in der Hocke eingezwängt darin verbringt, ist sie doch recht klein. Vor allem dann, wenn einem die Beine einschlafen. Nach einer weiteren halben Stunde des Wartens hatte ich kein Gefühl mehr in den Beinen und fragte mich, wie ich aus dieser Tonne wieder rauskäme.

Endlich vernahm ich die Stimmen meiner Halloween-Gäste. Das sanfte Knistern von zerbrechendem Glas verriet mir, dass die erste Stinkbombe zertreten worden war. Kurz darauf brüllten Justin-Marvin und Pamela-Cheyenne, dass es stinkt. Mutter Mandy forderte sie auf, schnell zum Haus zu gehen.

Knack, die nächste Stinkbombe wurde zertreten. Eigentlich der Moment, wo ich aus meiner Tonne hochschnellen wollte. Aber meine Beine waren so taub, dass ich nicht hochkam. Ich hörte wie Justin-Marvin anfing zu würgen.

„Mama, das stinkt hier so schlimm, ich glaub, ich muss kotzen."

„Nicht auf den Gehweg, Justin-Marvin."

Justin-Marvin würgte heftiger.

„Komm, Justin-Marvin, hier."

Der Deckel meiner Tonne wurde geöffnet und der Mageninhalt von Justin-Marvin ergoss sich über mein Haupt.

Schreiend schnellte ich aus der Tonne hervor und stieß mit meinem Kopf an den von Justin-Marvin.

Mutter Mandy schrie auf und stolperte rückwärts auf den Gehweg.

Die dritte Ampulle von „Stinky's Best Stinkbomben" zerbrach unter ihrem dicken Hintern.

Meine Tonne kippte und ich fiel mit meiner vollgekotzten Horrormaske Pamela-Cheyenne in die Arme.

Diese rannte vor Angst panisch schreiend zur Straße und übersah dabei den Radfahrer. Beide stürzten auf die Fahrbahn.

Das nachfolgende Auto konnte nur durch ein Ausweichmanöver verhindern, sie zu überfahren, fuhr dafür aber auf der anderen Straßenseite in einen Stromverteiler.

Dieser erstrahlte kurz in einem Funkenregen und gab einen lauten Knall von sich.

Augenblicklich erloschen die Straßenlaternen, unmittelbar darauf auch die Lichter in den Häusern.

Neugierige Anwohner, angelockt durch den Lärm und der plötzlichen Dunkelheit, strömten auf die Straße. Der Gestank der Stinkbomben wurde immer schlimmer und breitete sich in der Siedlung aus. Etliche Anwohner mussten sich übergeben.

Die Feuerwehr wurde gerufen und versuchte durch eine Wasserwand den Geruch zu neutralisieren.

Rettungswagen brachten Justin-Marvin (Gehirnerschütterung), Pamela-Cheyenne (Prellungen und Verstauchungen), Radfahrer (Armbruch), Autofahrer (Schleudertrauma) und Mutter Mandy (Schockzustand) in das Krankenhaus.

Auch die letzten Anwohner wurden durch den modrigen Gestank, welcher unaufhaltsam wabernd durch jede Ritze seinen Weg in die Häuser und Wohnungen gefunden hatte, auf die Straße getrieben.

Würgend und kotzend irrten sie durch die dunkle Siedlung. Hunde rissen sich von ihren Herrchen und Frauchen los, rannten panisch bellend in die Finsternis davon. Igel, Hasen, Mäuse, Katzen verließen in wilder Flucht die Reviere. Vögel fielen tot vom Himmel.

Die Polizei ordnete an, dass das Gebiet evakuiert wurde. Die Bundeswehr überflog die ganze Nacht den Ort mit Hubschrauber, um mit ihren Rotoren die Gestankwolke zu verflüchtigen. Wir Anwohner wurden in Turnhallen untergebracht und vom Roten Kreuz versorgt. Zwei Tage später konnten wir wieder zurück.

Wie ich hörte, hat Justin-Marvin jetzt Angst vor blauen Papiertonnen und kann nicht an ihnen vorbeigehen. An den Abfuhrtagen verlässt er nicht das Haus.

Pamela-Cheyenne verfolgen Albträume und sie nässt sich im Schlaf vor Angst ein.

Mutter Mandy leidet unter einem Waschzwang, da sie glaubt, sie stinke nach verfaulten Eiern. Sie duscht jede Stunde und ist nicht mehr arbeitsfähig.

Alle drei befinden sich in fachkundlicher Therapie.

Dieses Jahr war zu Halloween alles ruhig. Niemand kam vorbei und wollte Süßes oder Saures. Dabei hatte ich doch diesmal extra Bonbons und Schokolade gekauft.

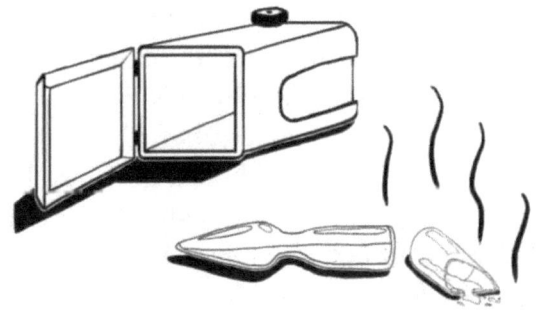

Der Glaube

Warten, warten, warten.

Wir warten jetzt schon seit einer Stunde in dieser Notaufnahme.

Und die ist an einem Samstagnachmittag voll. Sehr voll. Die meisten hier hätten auch am Montag zu ihrem Hausarzt in die Sprechstunde gehen können. Aber nein, Samstagnachmittag, da hat man Zeit, da geht man mal eben für eine Lappalie in die Notaufnahme. So wie die Mutter uns gegenüber. Der Sohnemann ist mit dem Skateboard gestürzt. Mein Gott, wir sind damals aufgestanden, Pflaster aufs Knie und fertig. Aber er könnte sich die Bänder gerissen haben. Nur weil er nicht mehr laufen kann. Der simuliert doch nur. Der will Aufmerksamkeit und ein Eis!

Oder der dicke Herr in der Ecke. Schwitzt und röchelt. Jammert, dass er kaum Luft bekommt. Mann, dann mach Diät und hör auf zu rauchen. Kann doch nicht so schwer sein. Aber Hauptsache die Notaufnahme blockieren.

Neben mir der Anzugträger hat schon zwei Mal die Krankenschwester angemault, warum er so lange warten muss. Schließlich sei er doch Privatpatient. Dann geh doch nach Hause, du Memme. Die Notaufnahme ist voll mit so Bagatellfällen wie dich, würde ich da gerne schreien. Habe ich aber nicht. Aus Rücksicht auf Murrat. Meinem besten Freund geht es nämlich echt scheiße. Der hat richtige Schmerzen. Nicht so ein bisschen. Nein, richtige Schmerzen. Hatten wir der Schwester am Empfang auch gesagt. Schien sie aber nicht zu beeindrucken. Sonst würden wir nicht schon seit einer Stunde warten. Das müssen schlimme Schmerzen sein, die mein Freund schweigend aushält. Schon tapfer, der Murrat. Wir beide sind seit der 5. Klasse befreundet. Eigentlich sollte er auch Taufpate bei meinem ersten Kind werden. Aber der Pastor war der Meinung, dass ein Moslem kein Taufpate für ein christlichen Kind sein kann. Er sagte Murrat könne meinem Kind nicht die richtigen Werte vorleben. Das sei eine Frage des Glaubens. Mein Großonkel Herbert wurde dann Taufpate. Der war Atheist.

Die Frage des Glaubens ist auch der Grund, warum ich jetzt mit Murrat in der Notaufnahme sitze. Und endlich, nach über einer Stunde des Wartens, erfahren wir die Gnade, zu einer Ärztin ins Behandlungszimmer treten zu dürfen.

„Ich bin Dr. Bailey, wie kann ich Ihnen helfen?", fragt sie in einem Tonfall, an dem man merkt, dass sie durch die ganzen Bagatellfälle müde und abgespannt ist. Sie schaut dabei mich an und so fühle ich mich berufen, ihr zu antworten: „Mein Freund hat Schmerzen!"

„Wo hat er die Schmerzen?"

Wieder dieser gleichgültige Tonfall.

„Hier", sagt Murrat und hält ihr den dick einbandgierten Zeigefinger hin.

„Was ist damit passiert?"

„Mit dem Hammer draufgehauen", antworte ich.

Frau Dr. Bailey schaut uns beide an und fragt zurück:

„Mit dem Hammer draufgehauen? Das ist alles?"

„Tut auch bluten", erwidert Murrat und streckt ihr zögerlich den Zeigefinger noch ein Stückchen weiter entgegen. Sie schaut uns beide vorwurfsvoll an und beginnt den Verband vom Finger zu wickeln.

„Tut auch bluten", wiederholt sie dabei leise und schüttelt den Kopf. Nachdem sie gut einen halben Meter Verband abgewickelt hat – ich war nicht geizig gewesen beim Verbinden – geht die Farbe auf dem Verband von Weiß in ein Zartrosa über. Das sanfte Rosa wird mit jeder Abwicklung dunkler und die Aufmerksamkeit von Frau Dr. Bailey steigt spürbar an.

Die letzten Umwickelungen sind Tiefdunkel-
rot. Ganz vorsichtig und fast ehrfurchtsvoll
wickelt sie das letzte Stück Verband ab. Murrat holt durch die Nase tief Luft um den
Schmerz wegzuatmen, da der Verband an der
Wunde klebt.

„Mein Gott", raunt sie und ich glaube, jetzt haben wir ihre volle Aufmerksamkeit.

„Was haben Sie gemacht?" fragt sie entsetzt,
schaut zu Murrat und dann zu mir.

Murrat hatte sich Schafe gekauft. Fünf
Stück. Er wollte schon immer Schafe. Aber
jetzt hatte er auch eine passende Wiese. Allerdings ohne Zaun. Das ist nicht schlecht, aber
Schafe wissen nun mal nicht, wo ihre Wiese
anfängt und wo sie aufhört. Sind halt dumme
Schafe. Also musste die Wiese eingezäunt werden. Dafür gibt es zwei Möglichkeiten. Man
bestellt eine Firma, die machen das für Geld.
Oder man macht es selbst und bestellt noch einen Freund zum Helfen. Das kostet nichts.
Murrat hatte sich für die zweite Möglichkeit
entschieden und mich bestellt. Man hilft ja
gern. Schließlich sind wir beste Freunde. Murrat hatte Holzpfähle, Zaundraht und einen
großen Hammer besorgt. Holzpfähle in die
Wiese schlagen ist ein echter Knochenjob. Einer hält den Pfahl, möglichst gerade, und der

andere schlägt mit dem Hammer obendrauf, möglichst fest und mittig. Das Ganze so lange, bis der Pfahl gute fünfzig Zentimeter im Boden steckt. Die ersten zehn Pfähle hatte Murrat in den Boden geschlagen. Am Anfang noch recht ordentlich, aber nach fünf Pfählen wurde er unkonzentriert und hatte sie nicht mehr mittig getroffen, sondern mehr am Rand. Dadurch fingen die an zu splittern. Sie sahen nicht mehr besonders schön aus.

Obwohl ich nicht so der Fan von körperlicher Arbeit bin, hatte ich mich als guter Freund bereiterklärt, die nächsten zwei, aber nicht mehr wie drei, höchstens aber vier Pfähle einzuschlagen. Murrat sollte sich mal ein bisschen erholen und wieder zu Kräften kommen. Also hielt jetzt Murrat den Pfahl möglichst gerade und ich schlug mit dem Hammer möglichst fest und mittig obendrauf. Die erste Mitte traf ich etwas außerhalb und Murrat sagte, dass ich sie treffen muss und ich solle fester zuschlagen, nicht so wie ein Mädchen. Und ich sagte, dass ich so fest zuschlage wie ein Mann, aber er den Pfahl nicht gerade hielte. Der zweite Pfahl wurde von mir auch nicht besser getroffen. Murrat wackelte zu viel und hielt nicht ruhig. Beim dritten Pfahl sagte Murrat, dass ich vielleicht ein Ziel bräuchte.

Ähnlich wie die aufgemalte Fliege im Urinal, damit wir Männer beim Pinkeln die Mitte treffen und nicht den Rand. Es war aber keine Fliege da, welche sich mittig auf den Pfahl niederlassen wollte.

Und jetzt kam wieder der Glaube ins Spiel. Es ist nicht schlimm, wenn man einen unterschiedlichen Glauben hat. Tragisch wird es erst, wenn Glaube auf entschlossene Idiotie triff. Das tat er in unserem Fall.

Murrat legte den Zeigefinger auf die Mitte vom Pfahl und sagte lachend, dass ich jetzt ein Ziel habe. Er glaubte, dass ich nicht zuschlagen würde. Ich glaubte, er zöge den Finger weg, sobald ich mit dem Hammer zum Schlag ausholte. Dass wir uns beide im Glauben irrten, merkten wir erst, nachdem der fünf Kilo schwere Vorschlaghammer mit hoher Geschwindigkeit sein Ziel erreichte. Genau die Mitte vom Pfahl, auf der Murrats Zeigefinger ruhte.

Die anderen

Die anderen sind auch interessant. Gerne lesen wir die Schicksale der anderen in den Boulevardblättern. Die folgenden Geschichten könnten sich so oder so ähnlich abgespielt haben.

Viel Spaß mit den anderen Geschichten.

Kopfsache

Vorsichtig trägt er sie in die Küche und legt sie behutsam auf dem Tisch ab.

„So, du Luder, jetzt geht's zur Sache. Erstmal ziehen wir dir deinen billigen hautengen Plastikfummel aus. Das gibt's doch nicht, der sitzt ja bombenfest. Hat das Ding keinen Reißverschluss? Na gut, dann halt mit Hilfsmittel. Wo ist denn das Messer? Ein kleiner Schnitt, kräftig reißen und ratsch, auf ist das Ding. Weg damit. Nackig siehst du echt appetitlich aus. Lass dich mal ansehen. Stramme Schenkel und große Brüste, das mag ich. Oh, ist dir kalt? Du hast eine richtige Gänsehaut. Warte, gleich wird dir richtig heiß, du Stück. Erstmal ölen wir dich ordentlich ein. Los dreh dich um, mit dem Rücken fange ich an. Ja, das gefällt dir. Ist das nicht geil, wie dir das Öl langsam den Rücken runterläuft? Umdrehen! Jetzt ist die Vorderseite dran. Na, wie ist das, wenn ich dir mit meinen öligen Händen die Brust einreibe und dann ganz langsam weiter den Bauch heruntergleite? Mach die Schenkel auf. Komm schon, stell dich nicht so an, du willst es doch auch. Dir gefällt es doch, wenn ich dir da reinfasse. Du bist aber ganz schön feucht. Kannst es gar nicht abwarten. Na gut, dann schieb ich dir mal eine ordentliche Füllung rein. Wow, bist du eng. So, langsam, jetzt …"

Die Tür fliegt auf. Mit ärgerlichem Blick steht plötzlich seine Ehefrau in der Küche und raunzt ihn an:

„Sag mal, was soll das? Kannst du nicht einfach die Weihnachtsgans zubereiten, ohne mit ihr zu reden? Was sollen meine Eltern nebenan im Esszimmer denken?"

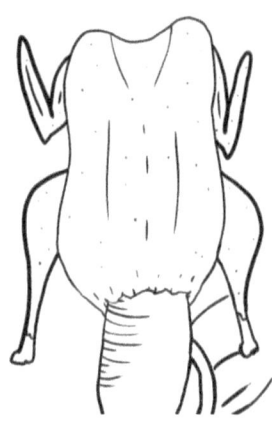

Pretty Woman

Sie fühlt sich gerade wie Julia Roberts in „Pretty Woman", als sie das erste Mal in der Semperoper durch ihr Opernglas schaut. Wahnsinn, dachte sie, wie die sich alle aufgemotzt haben. Die Damen in langen teuren Abendkleidern, die Herren in edlen Anzügen. Sie hat sich für diesen Abend in ihr bestes Kleid von *H&M* geworfen, welches sie in ihrem Schrank hatte. Dazu trägt sie Rote High Heels mit Nietenapplikationen und ihrem besten Schmuck von *Bijou Brigitte*. Was halt ihre Garderobe so hergab. Gerne wäre sie auch so elegant dahergekommen wie die anderen Besucher. Aber zum einen war ihr Geldbeutel nicht so üppig gefüllt, dass sie sich so teure Klamotten leisten könnte, zum anderen kam seine Einladung doch recht spontan. Na ja, Einladung ist jetzt vielleicht nicht so der richtige Terminus dafür. Schließlich bekommt sie etwas dafür, dass sie mit ihm hier ist.

Mittags saß sie noch vor der „Peanuts Bar", dort wo sie eigentlich immer sitzt, wenn sie auf Kundschaft wartet. Sie blickte auf die Elbe und beobachtete die Menschen, die an diesem sonnigen Mittag an der Elbe entlangschlenderten. Sah zu den Ausflugsschiffen, welche den

Fluss auf und ab fuhren, als plötzlich dieser Typ zu ihr kam. Groß, schlank und sportlich-elegant gekleidet. Wow, was für ein geiler Typ, schoss es ihr in den Kopf.

Was es kostet, wenn er sie für ein paar Stunden für sich allein bucht, fragte er sie.

Buchen, erwiderte sie, wie sich das anhört. Aber gut, 200 € müsste er schon zahlen.

„Aber dafür bekomme ich auch das volle Programm", antwortete er lächelnd.

„Aber ja, wenn Sie das wollen. Sie werden danach fix und fertig sein."

Sie lachte ihn an.

Er bekam das volle Programm. Gut drei Stunden dauerte es. Es ging von einem Höhepunkt zum nächsten. Er war danach etwas verschwitzt und sehr begeistert. Zufrieden fragte er sie, ob sie ihn heute Abend zu einer Veranstaltung begleiten würde. Sein Chef hätte alle Führungskräfte in die Semperoper eingeladen, mit Begleitung. Da er aber niemanden hätte und sich allein doof vorkäme, würde er sie gerne mitnehmen. Das wären ihm noch mal 200 € Wert. Sie sagte zu, ging heim und brezelte sich auf.

Etwas billig, wie sie jetzt fand, beim Anblick der anderen Besucher. Aber egal. Ihre

Kolleginnen würden Augen machen, wenn sie ihnen das erzählte.

Als Touristenführerin 400 € an einem Tag verdient. Erst das volle Programm der gut dreistündigen Stadtführung und jetzt noch die Oper Aufführung. Sie fühlt sich gerade wie Julia Roberts in „Pretty Woman".

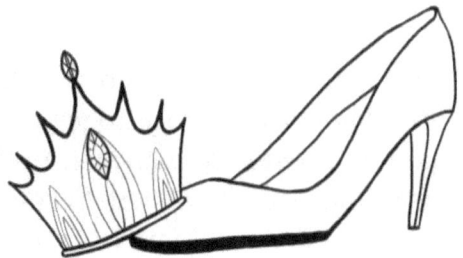

Lebe wohl, mein Freund

Horst steht in der Totenkapelle und schaut auf den Sarg. Da liegt er also, sein bester Freund Max, in einem aufwendig gestalteten Eichensarg. Er und Max kannten sich von Kindesbeinen an. Sie waren zusammen im Kindergarten, gingen danach in die gleiche Grundschule, besuchten anschließend dasselbe Gymnasium. Sie waren einfach die besten Freunde, eigentlich ihr ganzes Leben lang. Horst erinnerte sich an ihre gemeinsame wilde Zeit.

Sie waren gerade 17 geworden und das ganze Leben lag vor ihnen. Sie zogen durch die Kneipen und hatten so manchen Vollrausch zusammen durchstanden. Er muss innerlich lächeln. „Mensch, Max, weißt du noch, wie wir das erste Mal Drogen ausprobierten?" In irgendeiner schummrigen Kneipe hatten sie sich grünen Afghanen gekauft und in einem dunklen Park weggekifft. Sie waren vollgedröhnt, übermütig und laut. So laut, dass Anwohner die Polizei riefen. Von den Drogen wurde ihnen so schlecht, dass sie den Streifenbeamten vor die Füße kotzten.

Dann entdeckten sie Bhagwan, diese irre Sekte mit Drogen, freier Liebe und so. Sie wurden keine Jünger, fanden diese Sekte aber irgendwie cool. Die Bhagwan-Bewegung betrieb ein paar Diskotheken. Eine davon in Köln. Max und Horst waren einmal im Monat dort. Billiger Alkohol, billige Joints und willige Mädchen. Was brauchte man in der Jugend mehr? Es war ihre wilde Zeit. Sie ließen es krachen, wo und wann es ging.

Trotzdem schafften beide ein recht vernünftiges Abitur. Da sie keine Lust auf die Bundeswehr hatten, leisteten sie ihren Zivildienst in einem Altenheim. Die Zeit dort war für beide prägend. Sie wurden verantwortungsvoller, reifer und auch erwachsener.

Max studierte nach dem Zivildienst Medizin. Horst entschloss sich für eine Ausbildung zum Altenpfleger und erst dadurch wurde ihm wirklich klar, was er studieren wollte.

Im Laufe der Zeit verloren sich Horst und Max aus den Augen. Man zog in verschiedene Städte, sah sich seltener, telefonierte weniger und irgendwann war der Kontakt ganz abgebrochen.

Umso größer waren das Erstaunen und die Freude, als sie sich unerwartet wiedersahen.

Horst hatte in seiner Heimatstadt gerade seine neue Stelle angetreten. Nach einem Gottesdienst in der St.-Ludgerus-Kirche standen sie sich plötzlich auf dem Kirchplatz gegenüber. Erst sahen sie sich fragend an, dann zaghaftes Nachfragen: Kann das sein, sind Sie nicht, bist du das wirklich. Dann folgte: Das gibt es doch nicht, nach all den Jahrzehnten, du hast dich aber kaum verändert, Mensch, was machst du denn hier. Horst erfuhr, dass Max mittlerweile Chefarzt der Herzchirurgie am Uni-Klinikum ihrer Stadt geworden war. Nach diesem Wiedersehen lebte ihre alte Freundschaft wieder auf. So, als ob sie nie getrennt waren, verbrachten sie wieder die Freizeit gemeinsam. Besuchten Kulturveranstaltungen, fuhren zusammen in den Urlaub, gingen in Kneipen und stellten fest, dass sie eigentlich alles hatten, um glücklich zu sein. Nur eben keine Frauen an ihrer Seite.

Vor drei Tagen saß Horst noch am späten Abend in seinem Arbeitszimmer, als das Telefon läutete. „23:30 Uhr", dachte er, „kann nix Gutes sein." Er ging ran, am anderen Ende meldete sich Eleonore.

„Horst? Bist du?", fragte sie in gebrochenem Deutsch. „Musst du kommen, ganz schnell! Habe große Problem."

Horst fragte, welches Problem so groß sei, dass er gerade jetzt zu ihr kommen müsse. Zumal sie in Köln wohnte. Nicht gerade der kürzeste Weg.

„Max ist hier. Glaube ist tot."

Horst erschrak, wieso sie nur glaube, aber es nicht wüsste, ob er tot sei, fragte er Eleonore.

„Weil ich nicht bin Arzt!", sagte sie. „Und weil er liegt, mit Augen und Mund auf, aber Herz nicht macht bumm bumm."

Augenblicklich wurde ihm der Ernst der Lage bewusst.

Horst fuhr so schnell es ging nach Köln. Während der Fahrt hatte er Bilder im Kopf, wie Max und er Eleonore das erste Mal trafen.

Irgendwann nach einer gemeinsamen Zechtour durch Köln waren Max und Horst zu der Überlegung gekommen, dass es in ihren Positionen besser sei, sich Liebe zu erkaufen, statt sich an eine Frau zu binden. Sie landeten im „Club Michelle" und begegneten dort unter anderem Eleonore. Angeblich war sie Brasilianerin, hatte aber einen polnischen Akzent. Da Köln weit genug von ihrer Heimatstadt entfernt lag und somit die Wahrscheinlichkeit, dass irgendjemand aus ihrem Umfeld sie dort entdecken könnte, gering war, wurden sie Stammgäste im „Club Michelle".

Nach einer gefühlt ewig langen Fahrt erreichte Horst das Etablissement. Hastig rannte er durch den Club, die Treppe hoch zu Eleonores Zimmer nahm er mit riesen Schritten. Er riss die Tür auf und sah auf dem Bett Max liegen. Nackt, den Mund offen, die Augen starr zur Zimmerdecke gerichtet. Horst erkannte mit einem Blick, dass sein Freund wirklich tot war. Er hatte in seinem Beruf schon viele Tote gesehen, aber bei seinem besten Freund war das etwas anderes.

„Was ist passiert?", fragte er Eleonore, ohne den Blick von Max zu lassen.

„Weiß auch nicht. Machten wir es wie immer und als er kam, drehte er Augen und dann nix mehr."

Eigentlich kein schlechter Tod, dachte Horst, wenn man kommt zu gehen. Er wischte sich eine Träne aus dem Auge und fing an, ein Gebet zu sprechen, als Eleonore fragte:

„Was machen jetzt? Kann nicht bleiben hier! Muss weg, kommen gleich andere Kunde!"

Horst atmete tief durch, dachte nach. Hierbleiben kann er nicht. Immerhin war Max ein angesehener und erfolgreicher Herzchirurg.

Was würden die Leute sagen, wenn sie erführen, wo und wie er gestorben war? Ihn in dessen Haus bringen und dort ins Bett legen, war auch keine gute Idee, es könnte ewig dauern, bis ihn dort jemand fand. Max musste also irgendwo anders hin und würdig gestorben sein. Horst überlegte hin und her, dann wusste er, was zu tun war.

Mit Hilfe von Eleonore zog er seinen Freund an und schleppte ihn die Treppe runter, setzte in auf den Beifahrersitz von dessen Wagen und fuhr los.

Am nächsten Mittag ging Horst, so wie er es immer machte, wenn er im Krankenhaus zu tun hatte, in die kardiologische Abteilung, wo sein Freund Chefarzt war. Er erkundigte sich, so wie immer, bei der Stationsschwester, ob Max Zeit für ihn hatte oder ob er beschäftigt sei. Diese brach sofort in Tränen aus und berichtete ihm, dass etwas Schreckliches passiert sei. Man habe den Herrn Doktor morgens tot in seinem Wagen auf dem Mitarbeiterparkplatz gefunden. Einfach schlimm, er hatte einen Herzinfarkt erlitten und wurde einfach zu spät gefunden. Er, der doch so vielen Menschen das Leben gerettet hatte, ausgerechnet er stirbt vor der Klinik in seinem Auto an einem Herzinfarkt.

Das also war vor drei Tagen. Jetzt steht Horst hier vor dem Sarg, in Gedanken versunken und trauert um seinen besten Freund. Der Messdiener, der an Horsts Seite steht, reißt ihn aus den Gedanken, als dieser ihm diskret mit dem Ellenbogen in die Seite stupst und zuflüstert:

„Die Trauergemeinde wird unruhig. Sie sollten jetzt anfangen, Herr Pastor."

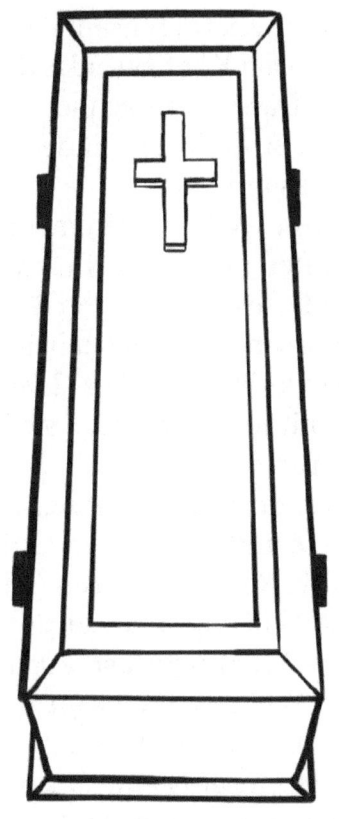

Boulevard of Broken Dreams

Langsam erhebt sich die Sonne und lässt den verlassenen Boulevard in einem sanften Morgenrot schimmern. Einsam läuft Joe die Straße runter. Den Kopf gesenkt, die Gedanken kreisend. Dass ausgerechnet ihm das passierte. Eigentlich wollte er mit den Jungs nur ein paar Drinks kippen.

Nach dem, er weiß es nicht mehr genau, vielleicht fünften Bier fiel sie ihm auf. Sie stand am Ende des Tresens und lächelte zu ihm rüber. Sie sah heiß aus, zu heiß für diese Bar mit ihrem kühlen Trucker-Charme. Er prostete ihr mit seinem Bier zu, sie hob ihren Longdrink in seine Richtung und neigte ihren Kopf neckisch zur Seite. Ein guter Anfang, dachte sich Joe und scannte das Girl am Ende des Tresens ab. Rote High Heels, schwarze Hot Pants und ein enges, tief ausgeschnittenes Top, aus dem ihre Brüste fast herausquollen. Wie ein Tiger schlich er langsam zu ihr rüber.

„Hey, Cowboy", hauchte sie ihm verführerisch zu, „auch einsam heute Nacht?"

„Jetzt nicht mehr", entgegnete er.

Sie lachte kurz auf, nahm seine Hand und zog ihn sanft Richtung Ausgang. Joe warf im Weggehen noch ein paar Dollar für die Drinks auf die Theke und folgte der Schönheit in die Nacht.

Ein paar Blocks weiter blieb sie in einem Hauseingang stehen.

„Na, Cowboy, Lust auf ein Rodeo?", flüsterte sie ihm süßlich ins Ohr. Und was für eine Lust er hatte, wie in Trance folgte er ihr die Treppen hoch zu ihrem Appartement. Wenn es Liebe auf den ersten Blick gibt, dachte sich Joe, dann ist es jetzt passiert.

Sanft stieß sie ihn auf das Bett und zog sich langsam vor ihm aus. Joe konnte seinen Blick nicht von ihr lassen. Geschmeidig wie eine Katze kam sie zu ihm ins Bett und zog auch ihn liebkosend aus. Es folgte eine Nacht voller Sex und Leidenschaft. Glückselig und restlos befriedigt sank er auf das Kissen und schloss die Augen. So könnte es immer bleiben. Noch nie hatte ihn eine Frau so schnell in ihren Bann gezogen wie diese. Sie ist die Frau, mit der er glücklich werden könnte. Er war sich sicher, dass sie sich genauso zu ihm hingezogen fühlte wie er sich zu ihr. Das ist die große Liebe, nach der er sich sehnte. Zwei einsame, nach Liebe suchende Herzen hatten sich endlich gefunden. Eine Liebe, die für die Ewigkeit gemacht war.

„Hey, Cowboy, nicht einschlafen. Ich bekomme noch 100 Dollar für das Rodeo", riss ihn die Schönheit aus seiner Illusion. Joe hörte, wie sein Herz zerbrach.

Blackout

„Sie sollten die Tabletten nur bei Bedarf nehmen. Sie haben auch Nebenwirkungen, vor allem dann, wenn Sie zu viele nehmen. Sehstörungen zum Beispiel wären eine davon. Also übertreiben Sie nicht. Wenn Sie mit dem Erfolg zufrieden sind, sehen wir weiter."

An dieses Gespräch mit seinem Hausarzt muss Walter gerade denken. Er sitzt hier in Rio de Janeiro in einer kleinen kalten Zelle. Nackt. Mühsam versucht er, seine Erinnerung wiederzufinden. Wieso passiert gerade ihm so was?

Eigentlich wollte er diese Stadt nur erleben und ein bisschen die Seele baumeln lassen. Doch gestern Abend war er in diesem Club gelandet. Das sei der Club in Rio, hatten sie im Hotel gesagt. Wer da nicht war, der war auch nicht in Rio. Also musste er dahin. Die Musik war laut, die Lichter blitzten, die Drinks waren bezahlbar. Der Club war brechend voll und nach ein paar Drinks fühlte er sich dort richtig gut. Die Menge tanzte dicht gedrängt auf der Fläche und Walter war mittendrin. Er bewegte sich ausgelassen zu den Beats. Für ihn war es Tanzen, für Außenstehende war es Hopsen. Es war ihm egal. Und dann lächelte ihn diese

Wahnsinnsfrau an. Große braune Augen, melonengroße Brüste und lange schwarze Haare, die bis zu ihrem Knackarsch reichten. Walter lächelte zurück. Die Frau bewegte sich langsam zu ihm rüber. Lächelte ihn an und tanzte mit ihm. Sie tanzte, er hopste. Sie berührte ihn, umarmte ihn, küsste ihn. Sein Herz fing wie wild an zu klopfen. Liebe braucht keine Worte. Zum Glück, denn Fremdsprachen waren nicht seine Stärke.

„Venha comigo. Come with me", hauchte sie in sein Ohr und kitzelte ihn dabei mit der Zunge. Seine rudimentären Englischkenntnisse reichten aus, um zu verstehen, was sie wollte.

„Wait here auf mich", sagte er, „I will be back hier gleich."

Pantomimisch versuchte er dabei, das Gesagte darzustellen. Sie verstand ihn, deutete einen Kuss an und senkte den Blick zu einem „Ja". Schnell suchte Walter das Klo auf, warf sich eine Viagra ein und eine zweite zur Sicherheit. Wenn nicht jetzt, wann dann und einen Hänger wollte er nicht riskieren. Nicht bei und mit dieser rassigen Frau. Er ging zurück und folgte ihr auf die Straße. Sie hakte sich bei ihm unter und lehnte den Kopf an seine Schulter. Gemeinsam gingen sie durch die belebten Straßen von Rio de Janeiro.

Er weiß nicht, wie lange sie so durch die Straßen und Gassen schlenderten. Irgendwann standen sie vor einem Haus, traten ein, gingen die Treppen hoch und waren in ihrer Wohnung. Er spürte die Wirkung der blauen Tabletten. Auch sie konnte es nicht übersehen. Sie lächelte, kniete vor ihm nieder und öffnete seine Hose. Walters Beine zitterten leicht, sein Atem wurde schneller. O Mann, dass er das noch mal erleben durfte. Sie stand auf und ging, nachdem er kam. Schnell warf sich Walter noch eine Viagra ein. Scheiß was auf Nebenwirkungen, sagte er zu sich, heute zählt nur die Leistung. Die Frau kam mit zwei Drinks in der Hand zurück. Sie stießen an und Walter kippte den Drink in einem Schluck runter. Die Frau zog ihre Bluse aus und er blickte voller Erregung auf ihre prallen nackten Brüste.

Die Sonne von Rio scheint in sein Gesicht. Benommen öffnet Walter die Augen, dreht sich um und erblickt neben sich die schlafende Frau. Er kann sich an die Nacht nicht erinnern, ab dem Drink ist ein großes Nichts in seinem Kopf. Das Bettlaken klebt an seinem Hintern. Seine Hände wandern unter ihre Bettdecke und streicheln ihre Brüste. Sie öffnet die Augen und säuselt:

„Good morning, sweet darling."

Zufrieden spürt er, dass die Wirkung des Viagras noch anhält. Zwar etwas schmerzhaft, aber er steht. Seine Hände wandern über ihren Körper, von den Brüsten zu ihrem Bauch, runter an die Hüfte. Sanft streichelt er ihr über ihren Penis.

Walter erstarrt. Penis? Er merkt, dass etwas nicht stimmt, wirft die Bettdecke zurück und vor ihm liegt eine Frau mit Penis. Einem steifen Penis. Walter springt auf, rennt aus dem Appartement, die Treppen runter, hinaus auf die Straße. Walter rennt, seine Seite sticht, der Atem keucht. Walter rennt, bis er vor Erschöpfung nicht mehr kann. Vor einem Dessous-Geschäft kommt er zum Stehen. Er sieht sein nacktes Spiegelbild im Schaufenster. Sieht, dass die Wirkung der blauen Pillen immer noch anhält. Wütend schlägt er mit der Faust in sein Spiegelgesicht. Die Scheibe zerbricht, der Alarm schrillt, eine Polizeisirene heult auf. Starke Arme reißen ihn rum. Worte fallen, die er nicht versteht. Vorbeilaufende Menschen bleiben stehen, schauen ihn an. Kinder lachen, zeigen mit dem Finger auf ihn und werden von ihren Müttern schnell weitergeschoben. Er wird von den Polizisten unsanft in den Streifenwagen gesteckt.

Jetzt sitzt Walter in dieser kleinen kalten Zelle in Rio de Janeiro, nackt und fragt sich, wo seine Erinnerung ist. Die Wirkung der Tabletten lässt langsam nach. Er spürt einen leichten schmerz im Anus und auch diesen faden Geschmack im Mund. Walter hofft, dass die Erinnerung an den Abend doch nicht wiederkommt.

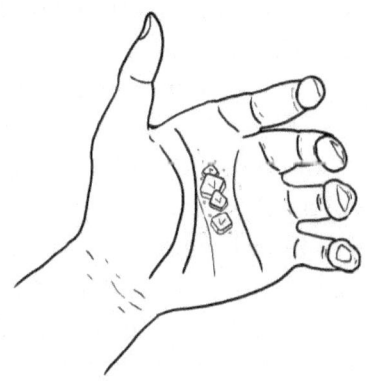

Kontaktanzeige

Nach langer Fahrt erreicht Egon endlich das Haus. Es liegt außerhalb der Ortschaft, etwas versteckt am Waldrand. Vor der Tür atmet er noch einmal tief durch. War das eine gute Idee?

Seine Inge ist jetzt seit drei Jahren tot und die Einsamkeit macht ihm immer mehr zu schaffen. Seine drei Kinder leben ihr eigenes Leben. Weit weg von seiner Heimatstadt hat es sie nach ihren Studien verschlagen. Die Kinder fanden es sei eine gute Idee, als er ihnen beim letzten Familientreffen sagte, dass er sich eine Partnerin über eine Kontaktanzeige suchen wolle. Zusammen haben sie die Annoncen in den verschiedenen Zeitungen durchsucht und ihre Wahl fiel mehrheitlich auf Christine, 61 Jahre, schöne Witwe vom Land mit schlanker Figur und üppiger Oberweite. Sie sei fürsorglich und sehr herzlich. Mag Musik, Fernsehabende und arbeitet gerne im Garten.

„Papa, das ist genau die richtige Frau für dich und Mama hätte sicher nicht gewollt, dass du den Rest deines Lebens allein bleibst", sagte seine älteste Tochter.

„Sie ist vier Jahre jünger als du. Das passt doch prima", fand der jüngste Sohn.

„Da geht auch noch im Bett was", flachste der Mittlere.

Nun steht er hier vor ihrer Tür, eine halbe Stunde zu früh. Sollte er nochmal etwas durch die Gegend fahren und später wiederkommen? Vielleicht ist sie noch nicht fertig. Er selbst wäre schon früher fertig, wenn er Besuch erwarten würden. Klingeln oder noch mal eine Runde Auto fahren. Egon grübelt, spürt, dass sein Herz vor Nervosität schneller schlägt als sonst. Tief Luft geholt und die Klingel gedrückt. Es dauert etwas, bis er ein Geräusch im Haus wahrnimmt. Er will gerade ein zweites Mal die Klingel drücken, als sich die Tür langsam quietschend öffnet und einen Spalt breit von einer Kette gehalten wird.

„Ja, bitte?", krächzt ihn eine Stimme an.

Er versucht, ein Gesicht zu erkennen, aber da ist nichts. Er schaut nochmal auf das Namensschild und auf die Hausnummer. Beides passt. Er schluckt.

„Ha… Hallo, ich bin Egon und ähm … wollte zu Christine, ähm … wir sind verabredet."

„Aha, Egon, so, so", krächzt die Stimme, „der Egon. Dann komm mal rein."

Die Tür wird geschlossen und kurz darauf ganz geöffnet.

„So sieht er also aus, der Egon, so, so", knarrt ihn die Stimme an.

Egon erschaudert, geht einen Schritt zurück und wäre fast von der Treppe gestürzt. Im letzten Moment hält er sich am Treppengeländer fest. Vor ihm steht eine kleine rundliche Frau mit riesigem Hintern und üppiger, hängender Oberweite. Graues schütteres Haar und eine Haut, so faltig wie bei einer Galapagos-Schildkröte. Die Zähne sind auch nicht mehr alle vorhanden. Er schätzt die Frau auf gute 85 Jahre.

„Christine?" stammelt Egon.

„Ja, ja, Christine", erwidert die Alte mit ihrer knarrenden Stimme. „Komm doch rein Egon. Ich habe dich erwartet."

Mit ihrer zittrigen Hand macht sie eine einladende Geste. Langsam und vorsichtig tritt Egon in das Haus und folgt der Alten. Sie führt ihn in ein geschmackvoll eingerichtetes großes Wohnzimmer. Auf dem Tisch stehen zwei Gedecke, eine Kaffeekanne, zwei Gläser, eine Wasserflasche, ein silberner Kerzenleuchter und ein Kuchen.

„Setz dich, Egon."

Wieder erschrickt er bei dem Klang dieser Stimme und setzt sich zaghaft an den Tisch.

„Kuchen?", fragt die Alte fordernd und schaut ihn durchdringend an. „Apfelkuchen, ist ganz frisch."

Egon nickt. Er fühlt sich unwohl. Die Situation ist nicht annähernd so, wie er es erwartet hatte. Christine ist nicht so, wie sie sich beschrieben hatte. Die Beschreibung „schöne Witwe" wurde sehr weit strapaziert, fand er.

„Sahne?", reißt ihn die Alte aus seinen Gedanken.

Bevor er „Nein" sagen kann, klatscht sie ihm die Sahne großzügig auf das Kuchenstück. Es ist besser, wenn er jetzt geht, beschließt Egon. Die ganze Sache mit der Kontaktanzeige war ein Fehler.

„Christine", setzt er an.

„Ja? Was ist?", krächzt die Alte misstrauisch.

„Also, Christine, was ich sagen will, ist …"

„Du willst Sex", fällt ihm die Alte ins Wort.

„Nein, nein, Christine es ist so …"

„Du kannst es nicht mehr?", will die Alte wissen.

„Nein, es geht nicht um Sex. Christine was ich sagen will, ist …"

„Du brauchst Geld", stellt die Alte fest.

Egon reibt sich die Stirn. „Nein, es tut mir leid, Christine, aber wir passen nicht zusammen. Es geht nicht. Tut mir leid."

Egon steht auf und geht hastig vom Wohnzimmer in den Flur. Die Alte folgt ihm mit langsamen Schritten und rasselndem Atem. Egon öffnet die Haustür, dreht sich noch einmal um.

„Es tut mir leid, Entschuldigung."

„Ja, ja, geh nur, Egon!", ruft die Alte und macht dabei eine scheuchende Bewegung.

Egon eilt zu seinem Wagen, startet den Motor und fährt mit durchdrehenden Reifen davon. Im Rückspiegel sieht er wie die Alte auf der Treppe stehend ihm hinterherwinkt. Viel zu schnell rast Egon durch die Ortschaft. Er fühlt sich gerade, wie Hänsel, der mit Gretel der bösen Hexe entkommen ist. Erst als er die Ortschaft weit hinter sich gelassen hat, löst sich seine Anspannung. Eines steht für Egon fest, auf Kontaktanzeigen wird er nie wieder antworten.

Zu spät

Sie steht vor ihrem Schrank. Was zieh ich bloß an? Sie ist aufgeregt wie ein pubertierendes Mädchen. Nochmal geht sie ins Bad, zieht den Lippenstift nach, prüft den Lidschatten. Bin ich zu stark geschminkt? Wieder der prüfende Blick in den Badezimmerspiegel. Sie überlegt, ob sie ihre Freundin Gitti anrufen soll. Gitti könnte ihr sagen, ob sie zu stark geschminkt ist. Schließlich will sie nicht aussehen wie eine Nutte. Aber auch nicht wie eine Schachtel. Aber Gitti müsste vorbeikommen. Dreißig Minuten hat sie noch. Das schafft Gitti nicht. Sie geht zurück in ihr Schlafzimmer und schaut in den Schrank. Was ziehe ich an? Rock oder Hose? Oder Kleid? Kleid scheidet aus. Das wäre zu overdressed, oder nicht? Doch Gitti anrufen? Schließlich war es ihr Vorschlag gewesen. Sie wäre von allein niemals auf die Idee gekommen, eine Kontaktanzeige aufzugeben.

Mit Gitti hatte sie bei ihrem Mädelsabend rumgealbert, wie man in ihrem Alter noch einen Mann finden könnte. Ihrer war vor fünf Jahren nach einem Schlaganfall verstorben. Seitdem steht sie allein da. Mit dem Haus und ihrer dementen Mutter. Ihre Mutter war und ist nicht einfach. In den letzten fünf Jahren hatte sie schon ein paar Männerbekanntschaften gehabt. Aber ihre Mutter hatte es auf ihre Art immer geschafft, dass es jedem Mann zu viel wurde. Klar, wer möchte sich schon an eine Frau binden, bei der die Mutter wohnt und die das Leben bestimmt? Gitti hatte ihr geraten, dass sie ihre Mutter ins Heim geben solle. Nur so könne sie wieder ein eigenes Leben führen. Und Gitti hatte ihr auch bei der Formulierung der Kontaktanzeige geholfen:

Christine, 61 Jahre, schöne Witwe vom Land mit schlanker Figur und üppiger Oberweite. Ich bin fürsorglich und sehr herzlich. Mag Musik, Fernsehabende und arbeite gerne im Garten.

Die Aufregung in Christine weicht der Nervosität, gepaart mit einem Hauch von Hektik. War da eine Autotür auf der Straße zu hören? Christine schließt die Augen und greift in den Schrank. Sie öffnet die Augen wieder und hält einen cremefarbenen Rock ein der Hand. Schicksalsentscheidung, denkt sie und sieht den Rock an. Bluse oder Pullover? Wenn Pullover, dann welchen? Rollkragen, Rundausschnitt, V-Ausschnitt? Einfarbig oder gemustert? Bluse! Bluse ist besser. Aber

welche Farbe? Einfarbig oder gemustert?
Einfarbig! Rot, blau, weiß, grün, schwarz,
gelb? Hat es geklingelt? Kann nicht sein. Er
wäre zu früh. Wer kommt schon zu früh zu
einer Verabredung. Rot! Sie entscheidet sich
für die rote Bluse. Sie schaut sich im Spiegel
an, dreht sich. Sieht gut aus. Strumpfhose.
Ziehe ich eine Strumpfhose an oder nicht?
Eigentlich sind meine Beine ganz hübsch. Sagt
zumindest Gitti. Keine Falten, keine
Krampfadern. Also keine Strumpfhose. Oder
doch? War da unten eine Stimme? Ihrer
Mutter hatte sie gesagt, dass sie in ihrem
Zimmer bleiben soll. Normalerweise macht
Mutter das, was sie ihr sagt. Strumpfhose! Sie
entscheidet sich für die Strumpfhose. Nein,
doch nicht. Vielleicht denkt er, sie würde
Krampfadern verstecken. Sie hat keine
Krampfadern also braucht sie auch nichts
verstecken. Sie schaut auf die Uhr, noch 25
Minuten. Schuhe! Flache oder hohe? Hohe! Sie
entscheidet sich für hohe Schuhe. Schwarz
oder rot oder creme oder grau? Rot! Rot passt
zur Bluse. Nein, doch creme. Creme passt zum
Rock. Oder doch einen schwarzen Rock, dann
passen die schwarzen Schuhe. Sind auch
bequemer. Creme Rock aus, schwarzer Rock
an. Da sind doch Stimmen im Haus! Schwarze

Schuhe an. Prüfender Blick in den Spiegel. Du siehst super aus, sagt sie zu sich. Da fährt doch ein Auto? Christine geht die Treppe runter, sieht wie ihre Mutter in der Tür steht und winkt. Christine drückt sich an ihrer winkenden Mutter vorbei und sieht wie ein Auto rasend schnell das Dorf verlässt.

Keine frohe Weihnacht für Jasmin

Jasmin rennt. Er ist ihr dicht auf den Fersen. Sein keuchender Atem kommt immer näher. Jasmin rennt so schnell sie kann und schlägt dann plötzlich einen Haken nach links ein. Ihr Verfolger versucht ihr das gleichzutun und rutscht aus. Seine ausgestreckte Hand berührt im Fallen noch so eben ihr Hinterteil. Das war knapp. Jasmin rennt, versucht schneller zu werden. Schneller, schneller feuert sie sich an. Der Verfolger hat sich aufgerappelt. Mit großen Schritten holt er zu ihr auf. Vor ihr der Zaun. Zu hoch, denkt Jasmin, zu hoch. Wäre ich nicht so fett, könnte ich es drüber schaffen. Kurz vor dem Zaun ein plötzlicher Richtungswechsel nach rechts. Ihr Verfolger kann nicht bremsen und rennt fluchend in den Zaun. Er keucht, dreht sich um, schaut nach Jasmin und nimmt die Verfolgung wieder auf. Jasmins Seiten stechen. Ihr Herz rast. Die Beine schmerzen. Warum ich, warum ich? Jasmin rennt, rennt um ihr Leben. Auf der Gegenseite kommt wieder der Zaun. Darunter durch passt sie auch nicht. Zu fett, zu fett, flucht sie. Kurz vor dem Zaun ein Richtungswechsel nach links. Sie dreht den Kopf, um zu schauen, ob der Verfolger noch hinter ihr ist oder ob er wieder gegen den Zaun rennt. Das war ein Fehler. Sie stolpert über einen Grashügel. Rappelt sich auf und will wieder losrennen. Der Verfolger nutzt seine Chance und wirft sich auf Jasmin.

„Endlich!", ruft er, „endlich habe ich dich, Luder."

Seine Arme schlingen sich fest um ihren Körper. Jasmin zappelt, windet sich, versucht sich mit Tritten und Schlägen der Umklammerung zu entziehen. Der Verfolger steht auf, zieht sie mit hoch und schleppt sie in einen Schuppen. Jasmin versucht sich loszureißen. Aber sein Griff ist fester. Jasmin schreit. Mit einer Hand drückt er ihr den Hals zu. Jasmin bekommt kaum noch Luft. Ihr Schreien verstummt, ihre Gegenwehr lässt nach. Jasmin versucht verzweifelt zu atmen. Der Verfolger löst seine Umklammerung und greift nach etwas. Ein harter Schlag trifft Jasmin am Hinterkopf. Ihr wird schwindelig, der Blick verschwommen. Der Verfolger wirft sie auf einen Holzklotz. Seine Hand wechselt den Griff vom Hals auf die Brust und drückt sie mit aller Kraft auf den Klotz. Jasmin holt Luft. Plötzlich sieht sie über sich den Stahl der Axt. Er kommt näher. Jasmin versucht, dem Griff des Verfolgers zu entkommen. Ein kurzer Schmerz. Sie hört das Knacken der Halswirbelknochen.

Ruhe.

Kerzen leuchten, ein Weihnachtsbaum steht in der Stube. Weihnachtslieder erfüllen den Raum. Jasmin liegt nackt auf dem Tisch. Menschen sitzen drumherum und bestaunen sie. Ein Messer schneidet sich tief in ihr Fleisch.

„Wer möchte einen Flügel?", fragt der Verfolger in die Runde.

„Ich!", ruft jemand.

„Ich würde gerne die Keule nehmen", sagt jemand anderes. Eine Kinderstimme ruft:

„Ich will was von der Brust!"

„Guten Appetit", sagen alle, als jeder ein Stück der Weihnachtsgans hat.

Offensichtlich

Eigentlich fand sie nicht, dass sie überreagiert hatte. Na gut, man kann das jetzt so oder so sehen. Sie sah das lieber so, wie sie es für richtig hielt. Und aus dieser Sicht, hatte sie jetzt nicht so wirklich überreagiert.

Es war nicht das erste Mal, dass sie vergeblich mit dem Abendessen auf ihn gewartet hatte. In den letzten vierzehn Tagen war es genau zehnmal vorgekommen. Seine Ausreden waren immer ähnlich.

Mal stand er in diesem „blöden Stau". Beim nächsten Mal war die Autobahn sogar voll gesperrt. Ein anderes Mal musste er im Büro noch etwas ganz Wichtiges fertig machen. Oder er traf zufällig einen alten Freund und hatte sich verquatscht.

Aber sie ist ja nicht blöd. Glaubte er wirklich, dass sie ihm seine faulen Ausreden weiter abkaufen würde?

Der Gipfel dann vor drei Tagen!

Sie wollten mit seinem Auto ins Kino fahren und was sieht sie?

Weiße Flecken auf dem Wildledersitz. Weiße Flecken und was sagt er?

„Och, da war eine Milchtüte in der Einkaufstasche undicht."

Ha, eine Milchtüte? Für wie blöde hält er sie eigentlich?

Er vögelt in seinem Porsche irgendwelche Schlampen durch und erzählt ihr was von undichten Milchtüten.

Sie ist nicht doof. Wenn sie eins und eins zusammenzählt, ist klar:

Er geht fremd!

Und das schreit nach Vergeltung. Das soll er richtig spüren.

Also hat sie kurzerhand seinen neuen Porsche in *Autoscout24.de* eingestellt.

„Porsche, neu, mit Spermaflecken auf Beifahrersitz für 500 € umständehalber zu verkaufen."

Ratzfatz war der Wagen weg. Sie genoss das Gefühl der Genugtuung.

Bis eben.

Fassungslos steht er mit ihr vor der leeren Garage. Die dreißig roten Rosen sind aus seiner Hand auf den Asphalt gefallen.

„Schatz, ich habe die letzten zwei Wochen eine Überraschungsparty zu deinem dreißigsten Geburtstag vorbereitet. Hab eine Scheune gemietet. Sie mit Hilfe meiner Kumpels abends mit Sand gefüllt, Palmen gemietet, Liegestühle organisiert, eine Cocktailbar aufgebaut, Musikanlage rein und sogar ein kleiner Pool ist da. Es sollte eine Überraschungsbeachparty für dich werden! Und das auf dem Beifahrersitz war Kokosmilch für die Cocktails. Leider war die Packung undicht und ich habe die Flecken nicht mehr wegbekommen."

Gut, so aus seiner Sicht betrachtet, hat sie vielleicht ein klein wenig überreagiert. Es hätte aber genauso gut anders sein können.

Bonusmaterial

Die nächsten Geschichten wurden von mir schon einmal an anderer Stelle veröffentlicht. Sie haben es aber verdient, in diesem Buch ein neues Zuhause zu bekommen.

„Nie wieder Anhalter" erschien erstmals 2008 in dem Buch „Mietwagen-Kurzgeschichten".

„Bienenkotze" und „Konkurrenzkampf" erschienen beide 2016 in dem Buch „SPEGtakuläre Geschichten".

Bienenkotze

„Marie, was ist mit deinem Brötchen?"

Marie starrt auf das Brötchen, welches vor ihr auf dem Frühstücksteller liegt.

„Ich mag das nicht."

Erstaunt schaue ich sie an. „Wieso magst du das nicht? Ich habe das doch liebevoll für dich gestrichen. Dick Butter und obendrauf den Honig so verschmiert, dass er sich mit der Butter vermischt. Das hast du immer so gemocht."

Marie schaut mich an, holt tief Luft und sagt:

„Das mag ich aber nicht mehr, Honig ist ekelig!"

Das verblüfft mich, Honig war doch immer ihr Lieblingsaufstrich und jetzt auf einmal soll das ekelig sein? Als guter Vater versuche ich, der Sache auf den Grund zu gehen.

„Wieso findest du Honig plötzlich ekelig?"
„Weil das Bienenkotze ist!"

Mir fällt vor Schreck mein eigenes Brötchen aus der Hand. Habe ich gerade richtig gehört? „Was ist das?"

„Bienenkotze", sagt sie ernsthaft und bestimmt.

„Wer sagt denn so etwas?"

Sie erzählt, dass sie mit ihrer Kindergarten-gruppe bei einem Imker waren und der hat ihnen die Bienenstöcke gezeigt. Außerdem vorgeführt, wie der Honig aus den Waben ge-schleudert wird und erklärt, wie die Bienen den Honig machen.

„Aber der Imker hat doch sicherlich nicht gesagt, dass die Bienen Honig kotzen?"

„Der hat nicht kotzen gesagt, Papa!"

Aha, frage also nochmal nach:

„Sondern, er hat was gesagt?"

Ihr Blick hat jetzt etwas Abfälliges und zeigt mir, dass sie mich jetzt gerade nicht für den hellsten Vater hält. Sie setzt sich aufrecht hin und klärt mich mit einem belehrenden Tonfall auf.

„Also, Papa, die Biene fliegt so von Blüte zu Blüte und saugt dabei den Saft von den Blüten in ihren Magen. Und dann, wenn sie ganz voll ist, fliegt sie nach Hause. Und da würgt sie …", Marie macht jetzt Würgegeräusche und verdreht dabei die Augen, „… alles wieder hoch und dann ist das Honig. Also Bienen-kotze, weil die das ja auskotzt."

Sprachlos starre ich sie an. Es ist wohl an der Zeit, sich dem Thema der Honigproduk-tion anzunehmen und einige Sachen wieder ins rechte Licht zu rücken.

„Also, bei der Biene Maja hat niemand Honig gekotzt", beginne ich. „Die ist mit einem Eimer losgeflogen und hat die Pollen da reingetan und der dicke Willi hat die Pollen immer sofort gegessen und fast nichts gesammelt, bis ihm schlecht war. Wenn der Eimer voll war sind die zurück in ihren Bienenstock geflogen und haben den Eimer dort in eine Kammer zu den anderen Pollen geschüttet. Fertig. Da hat niemand gekotzt, auch der dicke Willi nicht. Obwohl ihm von dem vielen Pollennaschen übel war."

Regungslos schaut mich Marie sekundenlang an, tippt mit dem Zeigefinger an ihre Stirn.

„Papa, hast du schon mal eine Biene mit einem Eimer fliegen gesehen?"

Diese Frage lässt mein gesamtes, zugegebenermaßen sehr kindliches, Erklärungsmodell wie ein Kartenhaus in sich zusammenstürzen. Mein Einwand, dass die Eimer ganz klein sind und von Menschen nicht sofort erkannt werden, überzeugt sie nicht. Wortlos schüttelt sie den Kopf. Spätestens jetzt sollte ich mich wohl im Internet richtig schlaumachen. Die nächste Erklärung muss sitzen. Notebook geholt und Google gefragt: „Wie machen Bienen Honig?"

Das allwissende Google liefert mir auch prompt eine Antwort. Schnell gelesen und schon startet mein Vortrag:

„Also, die Bienen saugen mit ihrem Rüssel den süßen Saft, den nennt man Nektar, aus den Blüten."

Statt mir ehrfurchtsvoll zu zuzuhören, kommt von Marie der gelangweilte Einwand:

„Habe ich doch gesagt."

„Ja, ja. Pass auf, jetzt kommt es. Der Saft landet im Bienenmagen …"

Marie rollt mit den Augen und verzieht die Mundwinkel.

„… den Magen nennt man Honigblase und dort vermischt sich der Saft mit körpereigenen Stoffen der Biene. Soweit verstanden?"

„Blase?", erstaunt schaut Marie mich an. „In der Blase ist doch das Pipi", stellt sie fest. „Ähm, ja, ähm, nein, beim Menschen schon, aber ähm …", dieser unerwartete Einwand bringt mich aus dem Konzept. Mit großen Augen sagt Marie:

„Dann ist der Honig ja Bienenpipi!" Angewidert verzieht sie das Gesicht.

„Nein!", sage ich. „Sie würgt das doch dann hoch!"

„Also doch Bienenkotze?", fragt sie. „Nein!"

„Also doch, Pipi? Papa, du musst dich mal entscheiden, kotzt die Biene den Honig oder pinkelt sie den Honig?"

„Nix von beidem!"

Meine Stimme wird unweigerlich lauter. „Du musst mich gar nicht anschreien", sagt Marie. Sie steht auf und geht.

„Ich kann nichts dafür, dass die Biene so ekelige Sachen macht!", ruft sie, noch bevor sie ihre Zimmertüre zuwirft.

Wie ein bepisster Pudel sitze ich jetzt allein in der Küche. Allein mit meinem Honigbrötchen. Will gerade reinbeißen, da formt sich in meinem Kopf das Bild vom dicken Willi, welcher mir auf mein Brötchen kotzt. Biene Maja erscheint auch noch und pinkelt obendrauf. Lachend fliegen die beiden davon. Jetzt mag ich mein Brötchen auch nicht mehr essen und werfe es zusammen mit dem von Marie in den Müll. Was waren das noch für Zeiten, als Biene Maja den Honig einfach im Eimer gesammelt hatte.

Nie wieder Anhalter!

Ich war sportlich mit meinem Wagen auf dem Autobahnzubringer unterwegs, als sie plötzlich am Straßenrand stand. Sie hatte ein riesiges Schild in der Hand, auf dem sie mit großen Buchstaben „Rom" draufgeschrieben hatte. Zusätzlich war das Ganze noch dick unterstrichen.

Es war ihr Glück, dass gerade ich vorbeikam, denn ich war geschäftlich auf dem Weg nach Rom. Da sie optisch recht ansprechend war, beschloss ich, anzuhalten und sie mitzunehmen.

„Sie haben Glück, ich muss auch nach Rom", sagte ich, als sie einstieg.

„Wirklich?" fragte sie. „Da habe ich ja mal richtig Glück."

Ich fuhr los. Sie saß schweigend neben mir.

„Tolles Auto fahren Sie", sagte sie plötzlich.

„Man fährt, was man bekommt", antwortete ich.

„Wieso?", fragte sie.

„Das ist ein Mietauto. Meiner steht in der Werkstatt. Habe ein Duell um die Vorfahrt verloren", erklärte ich ihr.

Nach einer weiteren Zeit des Schweigens fragte sie mich, was ich in Rom mache.

„Verkaufsleiterschulung, Thema Kommunikation."

„Und welche Branche?"

„Kosmetik", erwiderte ich.

Sofort war ihr Interesse geweckt. Sie erzählte, dass sie Nageldesignerin sei und ein eigenes Nagelstudio betreibe. Wir unterhielten uns ausgezeichnet. Ich überquerte bei Kufstein die Grenze von Deutschland zu Österreich.

Sie schaute mich irgendwie seltsam an und fragte, ob ich richtig sei. So sei sie noch nie nach Rom gefahren. Ich beruhigte sie mit den Worten:

„Keine Sorge, ich fahre häufiger nach Rom. Der Kutscher kennt den Weg."

Im Laufe unseres Gesprächs erfuhr ich, dass sich ihr Nagelstudio in Rom befand und sie sich gerade erst selbstständig gemacht hatte. Zwischendurch sagte sie immer mal wieder, dass Sie so noch nie gefahren sei. Welche Strecke sie denn immer fahren würde, wollte ich wissen. Sie faselte was von A24 und B191.

Als ich den Brenner nach Italien überfuhr bestand sie darauf, dass ich umdrehe, denn ich sei falsch.

„So ein Blödsinn, in ein paar Stunden sind wir da", sagte ich schroff. Wir schwiegen, wobei sie eigentlich schmollte und dann einschlief. Ich weckte sie, als ich an dem Ortsschild „Roma" anhielt.

„So, wir sind da", sagte ich leicht triumphierend. Sie sah das Ortsschild an und dann mich. Völlig unerwartet, verpasste sie mir eine Ohrfeige, nannte mich ein Arschloch und holte ihr Schild von der Rückbank.

„Rom!" schrie sie mich an. „Nicht Roma!"

„Rom, Roma, das ist doch dasselbe. Bella Italia", belehrte ich sie.

„Nein!" schrie sie jetzt schon fast hysterisch und zeigte auf ihr Schild.

Da erkannte ich, dass das „Rom" nicht dick unterstrichen war, sondern dass Mecklenburg-Vorpommern darunter stand. Sie packte ihre Sachen und stieg aus. Sie sagte weder tschüss noch danke. Ich glaube, sie war ein wenig verärgert über diese kleine Verwechselung. Erst trat sie vor den Mast mit dem Ortsschild und dann mit voller Wucht in den Kotflügel meines Mietwagens. Das war jetzt wirklich nicht nett von ihr, ich hatte später echt Probleme, das meiner Autovermietung zu erklären.

Ich weiß jetzt, dass Rom zwischen Parchim und Lübz an der B191 in Mecklenburg-Vorpommern liegt. Anhalter habe ich seitdem nie wieder mitgenommen.

Konkurrenzkampf

Ich machte die Schachtel auf und dann sahen mich zwei Augen an. Gut, dachte ich mir, muss man nicht unbedingt so machen. Kann man aber. Ist vielleicht deutlicher. Er hätte mir einfach einen Brief schicken können. Ein kleiner Anruf, wegen mir auch eine SMS. Das hätte es auch getan. Aber nein, es musste mal wieder die theatralische Ansage sein. Typisch für diesen Penner. Es wurde wohl doch langsam Zeit, dass ich mal ein ernstes Wörtchen mit Luigi redete. Wenn es ihm nicht passte, dass mein niveauvolles Etablissement in der Nähe von seiner verdreckten Bummsbude eröffnete, hätte er es mir sagen können. Mit Worten. Aber mir eine Schachtel mit den Augen von meinem Pitbull-Terrier zu schicken, ist schon eine Frechheit. Was konnte der Hund dafür, dass wir einen kleinen Konkurrenzkampf haben? Der stellt sich aber auch an.

Nur weil ich ihm das ausgehungerte Tier nachts in seine Wohnung hatte bringen lassen, musste er doch nicht gleich überreagieren. So ein kleiner Hundebiss kann schon weh tun, gebe ich ja zu. Aber der Pitbull hat ihn ja nicht zerfleischt. Leider. Ein kleines Stück aus dem Oberschenkel hat er ihm herausgerissen. Und aus dem Unterarm. War halt etwas hungrig, der Pitbull.

Luigi ist aber auch selbst schuld. Der Affe musste unbedingt provozieren und einen auf dicke Hose machen. Statt es einfach hinzunehmen, dass mein Etablissement besser besucht ist, fand er es witzig, meinen Ferrari in die Luft zu jagen. Das war nicht nett und hätte böse enden können. Hatte gerade den Motor gestartet und wollte losfahren, da bemerkte ich, dass ich mein Handy im Lokal vergessen hatte. War gerade aus der Karre raus, rums. Der schöne Wagen nur noch Trümmer. Hat dieses Arschloch eigentlich eine Vorstellung, wie oft meine Mitarbeiterinnen die Beine breit machen müssen, bis so ein Wagen bezahlt ist? Ich bin nun wirklich nicht nachtragend, aber den Typen musste mal jemand in den Arsch beißen.

Darum hatte ich mir diesen kleinen niedlichen 120 kg Pitbull gekauft. Bei einem dubiosen belgischen Hundezüchter. Der Hund wurde dort nur mit frischem, blutigem Fleisch gefüttert. Selbstverständlich bio. Manchmal lebte das Fleisch auch noch und der niedliche Pitbull hatte seine helle Freude daran, seinem Essen nachzujagen. Ein bisschen verspielt der Kleine. Der Züchter sagte, dass das ein ganz liebes Tier sei. Solange er täglich gefüttert würde. So wie der Hund es von klein auf gewohnt war.

Ich hatte das Tierchen dann eine Woche nicht gefüttert und von einem geldgeilen, drogensüchtigen, kleinkriminellen Ukrainer nachts in Luigis Wohnung bringen lassen. Der Pitbull hätte dem Penner im Schlaf das Herz rausfressen sollen. Er hatte ihm aber nur Arm und Bein zerfetzt, bis Luigi, dieser Tiermörder, den Hund erschoss. Armes Tier. Ihm auch noch die Augen rauszuschneiden und mir in einer Schachtel zu schicken, find ich schon unverschämt. Es wird Zeit, dass der Konkurrenzkampf in unserem Rotlichtviertel vernünftig beendet wird. Denke mal, mit einer Viertelmillion Euro wird das Problem zu regeln sein.

So viel kostet mich der albanische Profikiller.

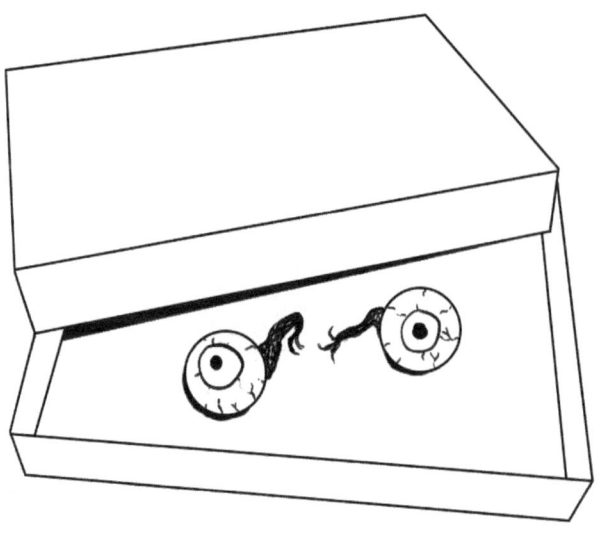

Danke,

an diejenigen, die mich ermutigt haben, dieses Buch zu schreiben.

Danke an die, die mich zu den Geschichten inspiriert haben.

Danke an Tim, der die Bilder in dem Buch und das Coverbild gezeichnet hat.

Danke an dich, dass du dieses Buch gekauft hast.

Zeitfracht Medien GmbH
Ferdinand-Jühlke-Straße 7
99095 Erfurt, Deutschland
produktsicherheit@kolibri360.de